長白九章

姚俊卿

　　斯雄，本名朱思雄，湖北洪湖人，1988 年毕业于中国人民大学新闻系。以编报纸、办杂志为主业，业余写作散文随笔，兼及时评。曾获中国新闻奖，被人民网评为"最受网友关注的十大网评人"。

　　著有融媒体书《皖美三部曲》，包括《徽州八记》、《江淮八记》、《皖韵八记》。另著有《南沙探秘》、《游方记》、《盛开的紫荆花——一个内地记者眼中的香港》、《香港回归十年志（2003 年卷）》、《平等的目光》等。中央电视台"亲历·见证"栏目为其拍有纪录片《双城故事·爱在他乡》。

长白九章

斯雄 ◎ 著

吉林人民出版社

图书在版编目（CIP）数据

长白九章 / 斯雄著. -- 长春：吉林人民出版社，
2023.7

ISBN 978-7-206-20186-8

Ⅰ.①长… Ⅱ.①斯… Ⅲ.①散文集－中国－当代
Ⅳ.①I267

中国国家版本馆CIP数据核字(2023)第126957号

出　品　人：常　宏
选题策划：吴文阁
责任编辑：郭雪飞　王　静

长白九章

CHANG BAI JIU ZHANG

著　　者：斯　雄
封面题字：姚俊卿
封面设计：周　源
出版发行：吉林人民出版社
　　　　　（长春市人民大街7548号　邮政编码：130022）
咨询电话：0431-85378007
印　　刷：吉林省吉广国际广告股份有限公司
开　　本：880mm×1230mm　1/32
印　　张：5.75　　　字　　数：85千字
标准书号：ISBN 978-7-206-20186-8
版　　次：2023年7月第1版　　印　　次：2023年7月第1次印刷
定　　价：58.00元

如发现印装质量问题，影响阅读，请与出版社联系调换。

自 序
Author's Preface

"吉"字应该怎么写?

到吉林工作后才发现,我过去把吉林的"吉"字,一直都写错了。

"吉"是会意字,上下结构,本义为吉祥、吉利,引申为善、美好。

我一直把"吉"写成上土下口,查字典后确认,现代汉语规范的写法应该是上士下口——上半部分是"士",不是"土"。

之前没怎么在意,想当然地就一直这么写着。机缘巧合来到吉林,看着大街上标牌中的"吉"字,汗颜不已,或许也算是意外收获吧。

吉林省是全国唯一省市同名的省份。吉林省省名源于吉林市市名。吉林建置始于清朝时期,清初东北不设行省，公元 1653 年设置宁古塔昂邦章京，公元 1673 年，清廷建吉林城，命名"吉林乌拉"，吉林由此得名。"吉林"是满语"吉林乌拉"的简称，"吉林"汉语意为"沿"，"乌拉"意为"江"，"吉林乌拉"意为沿江之城。后来将"吉林"之名通用全省，简称"吉"，寓意也不错。

作为一个南方人，虽然也在北京生活了很长时间，但小时候养成的习性和生存能力，基本不会有太大变化。到吉林能不能适应，心里并没底，倒也多少带着几分好奇。比如冷，比如猫冬，比如冰天雪地。

2021 年 9 月下旬，我穿着短袖从合肥抵达长春后，立马换成长袖了。很快，下午 5 点多，天就黑下来了，南方这个时候可还是天光大亮呢。有友人问我到东北后的感受，我调侃说，"央视新闻联播还未开始，差不多就该上炕了"。

到 10 月，气温基本保持在零下，体感温度可能更低；10 月底，已开始供暖。至 11 月，去查干湖，冬捕尚未开始，湖面已经结冰。我从南方带来的羽绒服显然不行，能感觉到整个身体都快要冻透，连骨头都发疼，必须换成更厚的，脚、后背最好都贴上暖宝宝。我本来不爱戴帽子，这个时候出门，不得不把羽绒服帽子戴上。

虽然心有畏惧，倒也别有情趣。

冰天雪地，意象很美。可喜的是，吉林的冰天雪地，如今已不再是难以亲近的"冷美人"，正变成"金山银山"，更加诱人了。

过去滑冰、滑雪只是运动项目而已。我既不会滑冰，也不会滑雪。很多年前，陪闺女去过北京的一家滑雪场，我基本迈不动腿，闺女虽是第一次，却很快就可以上初级道滑行了。据说滑雪被称为"白色鸦片"，很容易让人上瘾。如此看来，把"冷资源"变成"热经济"，确实有潜力。

近几年，吉林的滑雪场极速扩张，雪道几乎呈几何级增加，冰雪运动、冰雪装备、冰雪旅游、冰雪文化全产业链发展，推动冰雪经济高质量发展的势头强劲迅猛，消费逐渐从"高端"走向"大众"，让"粉雪之乡"迸发出沸腾的"热效应"。

说到东北，人们不能只想到寒冷。其实，和南方相比，北方冬天的屋里有暖气，远比南方"屋里比外头还冷"的感觉要好得多。至盛夏时节，东北更是难得的避暑胜地。

去年夏天，长江中下游一带相当长时间都处在40℃的高温，重庆的友人正好来吉林出差，一下飞机就直感慨："这不光是出差，简直就是避暑啊。"

"22℃的夏天"，凉爽宜人。每年6到8月，地处北纬43度附近的吉林，夏季平均气温约为22℃，干湿度适中，紫外线不强，每一缕清风都飘逸着清新，每一寸土地都流淌着舒爽，这种舒适的体感，让我想到南方夏天进入"烧烤模式"的恐怖。

年轻的时候，我很怕热。记得在老家湖北上高中的时候，在没有空调的教室，夏天我都得备两条毛巾，随时擦去哗哗流淌的汗水，而且每年都会长痱子。当年坚定地报考北方的大学，与此不无关系。

海南现在被戏称为"东北第四省"，除了因为上个世纪90年代末，东北国企改制，一大批东北人到海南谋生，更因为海南对东北人来说特别适合养老。冬天去海南、夏天回东北的东北人，如今被戏称为"候鸟族"。我在想，如果能把一批南方人也培养成"候鸟族"——夏天去东北消夏避暑，冬天再回南方去，打造避暑经济，岂不成就了优势互补、南北双赢的难得好事!

　　前几天,应邀去长春市现代诗公园参加了一场"诗歌品鉴会",其中一位声情并茂朗读的一首《南方北方》,简直就是一个当代版的"呐喊":

到南方的风中流浪是我的向往

养育我的北方便成了思念的地方

我以南方的荔枝思念北方的高粱

我以南方的热烈思念北方的苍凉

学会了南方人说话像鸟一样的歌唱

便想听听父老乡亲马鞭甩出的粗犷

在没有寒冷没有季节的城市奔走

更想在下雪的时候回一趟故乡

阅过莺飞草长的江南,再读北国的风光

缺少色彩的故乡啊,让我喜悦也让我忧伤

尽管北方有我童年的土炕

南方却是一生奋斗的疆场

我的青春已化作南方的山水

我的爱已在南方生长

我的家在南方

北方却住着我的爹娘

也曾千里万里地回到故乡

可再也回不到出发的那个晚上

我像一只候鸟既栖息南方也栖息北方

心如风筝般地系着思念也系着梦想

也许我的后人会像我来南方一样回北方闯荡

可我的灵魂却只能在南北之间来来往往

我的陌生而熟悉的南方

我那亲切而遥远的北方

  据称，诗作者正是从东北南下深圳的闯荡者，诗句饱含难以言状的深情，纠结与惆怅，思念与召唤，让我这个走南闯北的漂泊者，不期然地生出共情与共鸣。所不同的是，我很偶然地从南方来到了北方。

  环顾"白山松水"，吉林弥漫着太多原生态的自然气息，都是得天独厚的资源优势，有些还具有唯一性。加速实现产业结构调整和新旧动能转换，将呈现极具潜力且无人能比的经济增长极。

  吉林原生态的自然气息，让人着迷，在长白山里更为典型、更为浓郁。很幸运，第一次上长白山，就看到了天池的盛景。

长白山天池是松花江、鸭绿江以及图们江的发源地，有"三江之源"的雅称。天池池水最深处为373米，平均204米，水面面积9.82平方公里，周长13.1公里。据《长白山江冈志略》记载："天池在长白山巅的中心点，群峰环抱，离地高约20余里，故名为天池。"

去年夏天的一个中午，我们开车来到长白山山顶，仿佛坠进了云里雾里。好在天公作美，不一会儿，一阵风来，浓雾如同一块白色大幕缓缓拉开，天池撩开神秘的面纱，在天空与周遭火山岩的映衬之下，蔚蓝、清澈、宁静，镶嵌其中的白云倒映，让天池之美韵味尽显，绝妙无边。

据说，登长白山，能否看到天池的真面目，全凭运气。我们是不是托了吉林"吉"字的福，也未可知。

虽然知道了"吉"字的规范写法，可我还是有些纳闷：为何上半部分是"士"，而不是"土"？

我专门请教了中国社会科学院语言研究所的文字专家，得到的答复是：

"吉"字是个会意字，《说文》中的小篆"吉"

字，就是"从士"的，现代的规范写法符合文字的理据。甲骨文"吉"字的上面部分，古文字学家一般认为像玉圭形，认为"吉"字是个会意字。古人崇拜玉，认为玉有五德，代表"坚实"、"美好"，所以用玉圭形＋口来会意。后来这个玉圭形发展到小篆，做线条化处理，就写成了"士"。

看来，"吉"字"从士"，早就如此，其"吉祥、吉利"的本意，始终如一。

"好山好水好地方"，用来形容东北，再合适不过了。奔向更加美好的未来，需要更多更大的智慧和勇气。好在"吉"字本身，就带有"美好"的寓意，让人对"全面振兴，全方位振兴"始终充满期许。

2023 年 2 月 3 日于长春

目 录
Contents

摇篮，承载着步履蹒跚的成长记忆，有幸留存下来，已属意外的欢喜。

丰满水电站，过去或许只是个摇篮。如今已然走出摇篮，并被打造成生态电站、创新电站、自强电站、振兴电站，处处闪耀着新发展理念的光芒，成为中国水电事业高速发展、"中国制造"日益强大、"绿色发展"理念更加牢固坚定的生动缩影和真实写照，展示的是一种精神的力量、奋进的力量。

80 多年过去了，如今的"摇篮"，已然变得愈加吉祥、丰满，不能不让人心怀敬意、刮目相看。

东北即北国，谓之雪国、雪乡，也都恰如其分。

更让当地人津津乐道的是，吉林有粉雪，是粉雪之乡。

滑雪，也不是吸引游客的唯一理由。如今在吉林，冰雪已被看作是老天赐予的独具特色的"真金白银"，"白雪换白银"，把"冷资源"变成"热经济"，迸发"热效应"，持续释放冰雪经济发展活力。

粉雪之乡不猫冬，残雪正消融，闻见了"微微南来风"。

走向餐桌的人参 / 032

东北过去有三宝："人参、貂皮、乌拉草。"

其实，人参不只是药材，同时也是上等的食材。人参"药食同源"的属性让人参作为药品能够治病，作为食品适合绝大多数人日常食用；没有疾病的正常人食用人参，能达到补养身体、预防疾病、养生保健的目的。

对于人参产业来说，真正琢磨好如何走向餐桌，辅之以安全性评估、新产品开发及政策性配套，反倒可能是个很讨巧的抓手。试想想，14亿人的餐桌，将是何等巨大的市场和产业——果真如此，人参能堂而皇之地走进千家万户，成为人人喜爱的盘中飧，又将是何等壮观的"饕餮盛宴"啊！

四访查干湖 / 045

查干湖一带，自古以来江流泡沼星罗棋布，沿岸林木葱郁，田野芳草葳蕤，水草肥美，鱼虾穿梭，雁鸭栖集。至辽金，查干湖又成为皇帝举行"春捺钵"的垂青之地，凿冰取鱼，设"头鱼宴"，纵鹰捕鹅，设"头鹅宴"，尽享捕猎鱼禽之乐。

人不负青山，青山定不负人。查干湖重现冰湖腾鱼，既是"人不负查干湖"的承诺，也是"查干湖不负人"的兑现，是人与自然"两不负"的完美诠释。

不舍"二人转" / 069

人的趣味，是可以引导和培养的。一味地迎合，只会拉低层次，自毁长城。

阳春白雪与下里巴人，从来就不是非黑即白、非此即彼的对立关系。文化多元性与生物多样性一样，让世界因多姿多彩而充满生机，让每个人都有充足余地选择各自适宜且喜欢的生活娱乐方式，因和谐而共荣共生。

娱乐，是一种个性化的生活方式。流行与否、舍与不舍，尤其是年轻人能否接受和喜爱，难以强求，顺其自然，反倒是个明智的选择。

溥仪的另类"皇宫" / 086

"半个长春市，一部沦陷史。"城市的建筑，记载着城市的历史，长春城市建筑中，最富特色的无疑是伪满时期的历史遗存，数量多且成规模，又都带有唯一性，足以构成长春独特的城市风貌和人文风景。

铭记历史，同时正视历史，从来都不会是一件简单的事。历史总是惊人的相似，岁月却是医治伤痛的一剂良药。沧海桑田，理性而冷静地反思，才是成熟与自信的表现，也更有助于警示世人，比如反省战争、倡导和平。

作为一个外乡人，如果去吉林、去长春，不去实地触摸那段曾经喧闹又不堪的历史，终归会是个缺憾的。

黑土地上玉米香 / 103

"四平玉米五常稻，东北大豆最可靠。"

东北地区是我国玉米生产的主产区。在吉林省，"粮仓"的头把交椅，不是大米，而是玉米。东北农作物品质的优良，主要得益于黑土地。

从粮食短缺的困难年代过来的人，对玉米这类粗粮的记忆，一般不会太美好。到如今，进入粮食安全相对平稳的时代，玉米作为食品甚至保健食品的优势，远比过去更能得到人们的偏爱，在餐桌上广受欢迎。

好日子，是会颠覆人很多既有观念的。大米面食有了保障、饭碗端稳之后，黑土地上玉米香，带来的是大众饮食健康、养生理念的新变化，是田野里长出的新希望。

玛珥湖畔 / 118

玛珥湖的景致，或许流于简单、原生态，但这种原始和纯粹，正是一种难得的美，容易使人忘我的美。荡漾在玛珥湖上，有一种被净化的感觉，没有了那些身处闹市喧嚣中的烦恼。

水，是大自然的恩赐，固然难得；人类的珍爱与保护，其实更为关键、更加可贵。毕竟，水美，世界才会更美。

　　燕麦作为谷物中的全价营养食品，能同时满足人们对膳食的营养与保健两方面的需求。其高营养价值是公认的，一些发达国家很早就把燕麦食品作为军粮，作为保健食品，保障供应。

　　"燕麦耐干旱、耐瘠薄、耐盐碱、抗风沙，生命力旺盛，这种逆境中不屈向上的精神，确实给了我启发、信念和动力。"任长忠说，"我这一辈子也就围绕燕麦执着地做了这么一件事，而且还会无怨无悔、始终不渝地做下去。"

长白九章

松花湖上话"摇篮"

作为"共和国长子",东北,确有共和国的不少"摇篮"。

比如在吉林省,众所周知的,就至少有三个摇篮:新中国汽车工业的摇篮、新中国电影事业的摇篮、中国人民航空事业的摇篮,分别对应的是一汽、长影和空军航空大学。

今年1月,去吉林市的松花江畔看雾凇。据说,临近春节最好看的地点,是在阿什哈达雾凇观景区。一夜醒来,即被告知,今天运气不错,可以看到"五星级"的雾凇。待到赶去,果然,江雾弥漫,岸边一溜儿的玉树琼花,银丝万缕,晶莹剔透,纯净无瑕。

再往上游走,放眼望去,一道大坝,如笔立山崖,截住江流。虽是寒冬时节,大坝下的江面,却雾气腾腾,从坝上流出的水,水温常年保持在

4~10℃。

陪同的人告知，那儿就是丰满水电站的大坝。

"中国水电人才的摇篮"

丰满水电站的名气，是早就知道的。我国第一座水电站是 1910 年动工修建的云南石龙坝水电站，但体量较小，作为大型水电站，丰满水电站是国内最早建成的。新中国水电事业 1948 年起步，正是从对丰满水电站维修、加固和改扩建工作开始的。当地人骄傲地誉之为"中国水电人才的摇篮"。

待到 8 月，我又专程去了趟吉林市，重点正是去看传说中的丰满水电站。

沿松花江十里长堤西行，南折而入与碧波清流的松花江并行的吉（林）丰（满）公路，行至 24 公里处，层峦叠翠的峭立群山闯入眼帘，形成天然的挡水屏障。上游多条河流汇集于此，夏季受太平洋季风影响，降雨充沛，坝址地质多为二迭系变质砾岩，岩石坚硬，是绝佳的水电站建设位置。

九一八事变后，日本为掠夺东北资源实现其侵略野心，而修建丰满水电站。丰满水电站于1937年4月动工，1943年3月25日首台机组投入发电，随着8台机组的陆续安装发电，开始向长春、吉林、哈尔滨、抚顺供电。至1945年8月，总装机容量26.25万千瓦，总计发电量12.35亿千瓦时。

因为处于东北沦陷时期，与日本和伪满洲国密切相关，国人每每提起这些，心里多少有些堵得慌。丰满水电站建成伊始，就与国家、民族的命运相伴，好比一部五味杂陈的中国近现代史，写满屈辱与掠夺、欺凌与劫难、拯救与援助、骄傲与辉煌……

1945年3月20日后的一段时间，丰满的发电、配电设备又被拆走，仅留下两台主机和两台厂用机维持发电水平。同时拆走工地上的水泵、空气压缩机、变压器、内燃机车等大部分施工设备，给后来电站的复工建设造成极大困难。

1946年5月29日国民党军队占领丰满，至1948年3月9日，国民党军见大势已去，下令炸毁丰满水电站。国民党中的正义之士，不愿做花园口式的千古罪人，想方设法使丰满大坝和整个水电站逃过一劫，得以保全。

1948年丰满解放后，丰满水电站迅速恢复生产并进行大规模的续建、改建工程。在苏联水利专家指导下，于1960年完成一期工程，共安装8台机组，总装机容量55.375万千瓦，仍然是当时亚洲最大的水电站。在装机容量和发电量两方面，当时的丰满水电站占东北电力系统的一半以上，承担了

国民经济恢复和军工产品生产的主要供电任务，在发电、防洪、系统调峰调频等方面发挥了重要作用，为国家经济社会发展特别是水电事业的发

丰满水电站全景图　赵冰／摄

展作出了不可磨灭的贡献。

　　或许正因为这一突出地位和贡献，1955 年 3 月 1 日发行流通的第二套人民币伍角纸币，正面主景图案选用了丰满水电站。

　　在那个年代里，丰满水电站在国家最需要的时候，不仅输送了最宝贵的动力能源，同时为全国各地培养和输送了大批技术干部，在不断探索、丰富、完善中形成了一套较为系统的科学运行制度体系，在各水电厂乃至整个电业管理方面发挥了不可估量的作用。"丰电人"遍布祖国的大江南北，20 世纪国内水电系统，无论是水电部，还是刘家峡、新安江、葛洲坝，乃至后来的长江三峡等国内特大电站，管理技术力量都是丰满输送的，都传承了丰满水电站的基因。可以毫不夸张地说，上世纪 90 年代以前，国内无论电站装机容量有多大，其管理模式、管理制度和检修运行规程都是采用丰满模式。

　　改革开放后，经二期和三期工程建设改造，至 1998 年，丰满水电站装机容量达到 100.25 万千瓦。

新坝投运、老坝退役无缝衔接

丰满水电站由于工程建设于特殊的历史时期，当时受制于建筑材料、施工技术、施工管理等因素，大坝设计与施工存在严重先天缺陷，虽经多年改造加固，仍存在大坝混凝土强度低，整体性差，渗漏、冻胀、溶蚀及防洪能力不足等隐患。

那天，丰满发电厂党委书记姜枫带我们观看了在坝上展示的旧坝混凝土剖面，他说，2007年，国家电监会将丰满大坝安全等级评为"病坝"，注册等级为丙级。

好在经过国内水电专家多次深入研究探讨，2012年10月11日，国家发展改革委下发《关于吉林丰满水电站全面治理（重建）工程项目核准的批复》。同年10月29日，按照"彻底解决、不留后患、技术可行、经济合理"的原则，丰满水电站全面治理（重建）工程正式开工。

重建，不是简单的重复，而是包含众多的创新和提升。丰满水电站重建工程，恰好赶上了中国水电事业有史以来发展最好的时候。

中国水电事业，起步不算早。从最初落后世界 35 年，到今天已成为当之无愧的世界第一。水电装机容量从新中国成立之初的 36 万千瓦增至 2021 年 12 月底的 3.91 亿千瓦，无论从规模、效益、成就，还是从规划、设计、施工建设、装备制造水平上，都已经是绝对的世界领先。

重建后的丰满水电站，2020 年总装机容量达到 148 万千瓦，年均发电量 17 亿千瓦时。虽然从水库容量、装机容量、大坝高度等方面衡量，丰满水电站早已让出了诸多"第一"的位置，排名也逐渐后移，但丰满发电厂副厂长刘亚莲在带我们参观时，仍然掩饰不住一脸的骄傲与兴奋。

站在新坝上，刘亚莲指着上游 120 米处露出水面残存的旧坝说，新坝投运、老坝退役无缝衔接，安全稳妥完成了"水电第一拆"，这是世界首例成功采用"一址双坝"布置型式完成重建的"百万装机、百米坝高、百亿库容"大型水电站。

说到重建工程中的创新，刘亚莲如数家珍：

碾压筑坝质量过硬，曾取样当时世界最长的

23.18 米岩芯；新坝经过正常高水位运行，千米长的大坝，坝体渗漏量极小，坝基渗漏量低于 8 升 / 秒，在同类坝型中处国际领先水平；从机组设备到安装技术全部国产化，机组各部导轴承最大绝

丰满水电站的机组设备 赵冰 / 摄

对摆度值较国家规范优良标准提高 30%—70%，丰满机组振动及摆度指标已达到国际同类型机组绝对领先水平……

作为当时主管丰满重建工程的领导，国网新源控股有限公司副总经理王永潭认为，工程建设过程中的新技术、新工法研发，新工艺、新材料等创新应用，打造了电力建设全过程质量控制示范工程，为水电站病坝治理提供了"中国方案"，为我国水电建设管理水平抢占行业制高点作出了积极探索，成为世界水电建设管理的一面旗帜。丰满重建工程打造了全水头全负荷稳定运行的极品国产机组，为中国大型水电工程建设留下了宝贵的技术财富，向全世界展示了"中国制造"的实力，成为全球水电技术的一座丰碑。

不一样的精气神儿

谈起"丰满"名字的由来，丰满发电厂厂长王树新介绍说，大坝修建于两山峡谷之间，多疾风，旧有"小风门"之称，最初修建电站时，谐风门之音，取吉祥之意，定名为丰满，沿用至今。

丰满大坝建成后，因拦截松花江水形成人工湖泊，取名松花湖，也称丰满水库。松花湖流域地形东北部为崇山峻岭、西部为丘陵地带，大坝河谷两岸山势陡峭，水流冲刷左岸形成断崖，右岸为冲积层及堆积层岸坡。湖面宽阔、碧水苍山、岛屿错落，四季景色各异，不经意间，已成一处风景绝佳的旅游胜地。

泛舟松花湖上，回望旧坝与新坝，历史与现实的交织之下，前有哀伤与艰辛，现有惊叹与自信，更有不一样的精气神儿。

摇篮，承载着步履蹒跚的成长记忆，有幸留存下来，已属意外的欢喜。时过境迁之后，作为一种客观存在，可供感念与感怀，沉湎于自我陶醉、沾沾自喜，固然不可取，过多的苛求，也大可不必。

丰满水电站，过去或许只是个摇篮。如今已然走出摇篮，并被打造成生态电站、创新电站、自强电站、振兴电站，处处闪耀着新发展理念的光芒，成为中国水电事业高速发展、"中国制造"

电厂水坝　赵冰／摄

日益强大、"绿色发展"理念更加牢固坚定的生动缩影和真实写照，展示的是一种精神的力量、奋进的力量。

80多年过去了，如今的"摇篮"，已然变得愈加吉祥、丰满，不能不让人心怀敬意、刮目相看。

（原载《新华每日电讯》2022年12月23日第10版）

扫描二维码　　　扫描二维码
收听音频　　　　观看视频

粉雪之乡

改革开放之初，在南方很容易收听到台湾的广播。有一首邓丽君演唱的《北国之春》，我最早就是"偷听"到的。

"亭亭白桦，悠悠碧空"、"送来寒衣御严冬"、"偶尔相对饮几盅"……意境深幽，充满画面感，让想象之中的寒冷，变得无限温情，暖意浓浓。

后来才知道，这是一首上世纪 70 年代开始风行的日本歌曲。因其广受欢迎，成了日本的国民歌。

所谓"北国"，应该是一种文学意象。如果一定要确指，那大体就是指"祖国的北方"。

《北国之春》所歌唱的，有说是日本本州岛东北六县之一的岩手县。本州岛东北部的纬度以及气候条件、自然环境，大体与中国东北差不多，都有标志性的白桦树，最突出的，自然是冰雪与寒冬。

长白山天池全景　斯雄/摄

看来，东北即北国，谓之雪国、雪乡，也都恰如其分。

东北的冬天，千里冰封，万里雪飘，处处银装素裹。尤其是在长白山区，皑皑白雪，寂静清冷，层峦叠嶂，如梦如幻，虚无之美、洁净之美达到极致，难免让人怦然心动。

所谓美丽"冻人"，不是完全没有道理的。

毕竟寒冷往往意味着静止，会断了人的很多

林中冬日　露水河长白山狩猎度假区／提供

念想，于是有了"猫冬"的说法。东北过去就号称有"猫冬三件套"——"喝酒打牌吹牛皮"，不仅人类的生产活动会相对静止，连熊瞎子都不得不冬眠了。

熊瞎子可以冬眠，人可就没法如此悠闲和享受了。

让人惆怅且难以释怀的是，曾经的老工业基地、"共和国长子"，如今经济持续不景气。经常听到东北人说，人家南方一年干 12 个月，我们一年只能干半年，怎么跟人家比呢？

把经济发展与天气挂钩，或许只是一种情绪。不过，倒也启发了一条发展思路：如果能把冬天的半年充分利用起来发展寒地经济，冰天雪地岂不就变成金山银山了？

2021 年下半年，我刚到吉林工作的时候，吉林省正与新疆联手，打造长白山 - 阿勒泰冰雪经济高质量发展合作示范区。因为赶上北京冬奥会的东风，吉林适时提出"冬奥在北京，体验在吉林"。后来才知道，吉林省委省政府早在 2016 年 10 月就出台了《关于做大做强冰雪产业的实施意见》。

2023 年又有了最新的规划：实施"冰雪＋"战略，推动冰雪旅游、冰雪运动、冰雪文化、冰雪装备全链条发展，培育打造寒地冰雪经济新动能。

不得不佩服，市场经济的触角，在中国大地真的是无孔不入。在我的印象中，滑冰与滑雪，过去只是体育运动项目而已，如今居然更多地被视作资源，进而上升到冰雪经济层面。在经济持续低迷的当下，推动吉林冰雪经济高质量发展，说不定就是实现产业结构调整和新旧动能转换的有效途径。

吉林发展冰雪经济，确有得天独厚的先天优势：北纬 42 度冰雪黄金纬度带，属北温带季风大陆性气候，一年中无霜期仅有 90 天至 120 天，长达 6 个月的雪期、平均 1 米以上的积雪造就了世界品质最好的冰雪资源。年均降雪量在 400 毫米，雪量大、雪期长、雪质好，域内可利用坡度、风速、水资源等滑雪场建设的主要指标，均可比肩世界顶尖滑雪场。

更让当地人津津乐道的是，吉林有粉雪，是粉雪之乡。

　　不懂的人，还以为粉雪是粉色的雪。

　　其实，粉雪仍然是白色的雪，只不过是凝固核还没有充分冰冻变大就落到了地面的雪颗粒，雪的核心是冰晶，冰晶外面吸附着细小而密实的雪绒花，雪呈颗粒状。气象学专家说，粉雪是一种雪的状态，"非常松软干燥"、"如粉末状的雪"。粉雪和一般雪的最大区别是含水量的多寡。根据颗粒的大小，可以分为细粉雪、粗粉雪。细

冬趣　露水河长白山狩猎度假区／提供

粉雪捧在手里，像捧着白色的面粉，雪可以从手指缝滑落，粉雪因此得名。

据说，滑粉雪的时候，你会感觉到脚下的雪

"矿泉水"漂流　露水河长白山狩猎度假区／提供

像丝绸一样柔软顺滑，整个人随着雪地的起伏而上下漂浮，如同飞翔一样的感觉。快速滑的时候，雪板在雪上面走，感觉飘飘欲仙；速度一旦慢下来，雪会没到膝盖，溅起一身一脸的雪花……

我不会滑雪，也不是滑雪爱好者，对于从雪道疾驰而下带来冰雪速度与激情，完全不懂。

世界上有优质粉雪的地方不多。欧洲的阿尔卑斯山和北美的落基山都是著名的粉雪基地，日本的北海道也有一些。在中国，粉雪的最佳之地就在吉林长白山和新疆阿勒泰。

"漫长寒冷的冬季，

过去对东北意味着严寒和更为凶险的考验。"吉林省负责文化旅游的相关负责人告诉我，"如今在吉林，已被看作是老天赐予的独具特色的'真金白银'。'白雪换白银'，把'冷资源'变成'热经济'，迸发'热效应'，持续释放冰雪经济发展活力。"

东北过去习惯猫冬，现在终于闲不下来了。

第一次到位于通化市的万峰通化滑雪度假区，是在前年11月。那里的金厂滑雪场，曾是新中国第一个滑雪场。

那天，造雪机正在雪道上忙着造雪。我问度假区总经理林增强："咱们这儿不是有世界上最好的粉雪么？干吗还要人工造雪呢？"

"雪道上的雪，靠天然降雪是不行的。人工造雪虽然成本很高，但在滑雪季初期，滑雪场几乎完全依赖人工造雪。机器造雪能够在整个滑雪季中提供足够的雪量，能够在较长时间内保证雪质不变，并且比自然雪更适于抵御来自光源热量的影响，不易融化，滑雪者的装备也能够重复使用。"

"在通化原来老滑雪场的基础上，我们进行

酣畅　长白山鲁能胜地旅游度假区／提供

了大规模扩建，造雪面积扩大近 10 倍，现在雪场每小时可以运送 1.4 万人上山。"吉林万峰集团董事长张春雨说，滑雪场的落成，与长白山万达、吉林松花湖等国内顶级滑雪场以"品"字结构支撑起环长白山冰雪旅游带，辽宁、河北的游客来游玩更加便捷，还可为南方游客来吉林体验冰雪提供更多选择。

滑雪，也不是吸引游客的唯一理由。

白山的冰雪是"粉"色的，白山的冰雪是"漂"动的，白山的冰雪是"热"腾的——这是白山市打出的口号，各种体验也很齐全：在长白山万达国际度假区和长白山鲁能胜地旅游度假区酣畅淋漓地滑雪，在露水河长白山狩猎度假区"沉浸式"欣赏雾凇树挂，在长白山仙人桥温泉度假区享受高温氡泉康养，在松岭雪村、锦江木屋村的火炕上品味民俗……

通化市也有好多绝妙的去处：去千叶湖冰雪大世界冬泳、冰潜，踢一场雪地足球赛；去柳河参与"万人上冰雪"活动，在青龙山滑雪场感受"冰雪柳河"的魅力；去辉南尝一口地道的杀猪菜，让味蕾感受关东风情的"年滋年味"，在四方顶感受冰雪世界的雪韵静谧；去集安鸭绿江河谷体验冰葡萄采酿之旅，感受边境小城的魅力……

就连冰湖腾鱼的查干湖冬捕节，今年也不再是松原市一家单打独斗，包括通化市、白山市、白城市在内的吉林冬捕经济带已正式启动。

年前，再去吉林市北大湖滑雪度假区，遇见景区的董事长刘小山。他是湖南人，在湖北上大学，却已在吉林投身冰雪产业 14 个年头。

　　刘小山戏称滑雪为"白色鸦片"。我倒并不觉得奇怪。

　　我知道，运动一旦成为习惯，是容易上瘾的。那些跑马拉松的人，无论全马半马，无论国际国内，只要有机会就参加，已然成为一种嗜好，并不像外人所想象的那般辛苦。我大学四年，每天早上

冬季到吉林来玩雪　长白山鲁能胜地旅游度假区／提供

6 时准时起床，跑 1500 米，风雨无阻，无须催促，纯粹是一种自觉，健康只是一方面，更多是一种快意享受。

那天，刘小山带我们参观第二天就要开张营业的日式温泉酒店，我问他："听说你正是因为喜欢滑雪，才全身心投入冰雪产业的？"

"我上大学学的是管理，毕业后做证券、卖房子赚了第一桶金。1996 年在亚布力第一次接触滑雪，差不多是一次上瘾，不仅自己爱上滑雪，还主动到吉林市投资滑雪项目，除去留下点儿生活费，现在几乎把自己全部的身家都押上了。"

过完兔年春节，在北京回长春的高铁上，正好碰上两家北京人带着三个不到 10 岁的孩子，自称是去位于吉林市的北大湖滑雪度假区滑雪，并兴致勃勃地声称要把雪场所有的雪道全都滑一遍。

抵达长春后，我给刘小山打电话，了解今年春节的客流情况。他说，"阳过"的人们，现在都纷纷出来了，节前就已赶上去年的客流，节后更有超过 20% 的增加。这个雪季估计能达到 65 万人次，营收能达 40 亿元，均超过上一个雪季。

刘小山在北大湖已投资 60 多亿元，在过去 27 条雪道的基础上，这个雪季又新增了 37 条雪道。

"势头这么猛，压力一定很大吧？"我问。

"是啊，'亚历山大'。但冰雪经济在国际上是一个很大的产业，产业链长，能带动一个区域的全面发展，吉林在这方面大有可为。"

他随即发来一张手机截图，在滑呗 APP 上，最新数据显示，吉林省北大湖、万科松花湖、通化万峰、长白山万达等四大滑雪度假区均进入全国滑雪场滑行里程数排行榜前十。北大湖更是高居榜首，且滑行里程数遥遥领先。

"吉林全省上下都在力推冰雪经济高质量发展，你有啥好的建议？"

"基础设施落后，可能是个很大的短板。我们雪场周边的道路，还是十多年前修的；假使能修建专门的冰雪机场，就更好了；雪场服务也有待提高，如果去国外滑雪比在吉林还舒服、还便宜，那我们就没有了竞争力……"

大约感到讲得有点多，刘小山转过话头说：吉林粉雪是独特的资源优势，这个区域的小气候比较靠谱，每年冬天的天然降雪量有保证，确实能给人带来不同的体验。但自然资源优势并不必然成为经济发展优势，如果能把市场经济环境做足做好，未来吉林全省冰雪经济迈向万亿级大产业，应该不会太遥远。

《北国之春》打动我的，是寒冷之下的温馨躁动；急切表达的，是"北国的春天已来临"。

的确，粉雪之乡不猫冬，残雪正消融，闻见

了"微微南来风"。

（原载《人民日报（海外版）》2023 年 2 月 20 日第 12 版，刊发时有删节。此为原稿）

扫描二维码　　扫描二维码
收听音频　　　观看视频

长白山万达国际度假区　长白山万达国际度假区 / 提供

走向餐桌的人参

到吉林工作后，省外友人每每问候，几乎都会戏谑地问一句："人参应该吃了不少吧？"

没办法，人参的名气，实在太大。

东北过去有三宝："人参、貂皮、靰鞡草。"靰鞡草垫在鞋里，是一种原始的保暖方式，现在显然已经用不上了；貂皮大衣保暖效果好，依然很时尚，但关乎野生动物保护，已经改进了许多。唯有人参，始终是东北一宝。即使是后来又有了所谓新"东北三宝"，人参仍然缺席不了。

说来很惭愧，来吉林一年多，至少在长春，没吃过一次人参。即使是去吉林东部长白山里的人参产区，在餐桌上吃到人参，也只有有限的几次。

去年冬天的一个雪天，第一次来到长白山脚下，午餐安排在白山市抚松县一个极偏僻的小餐馆。开车在山沟里绕来绕去，弄得人都差不多不

人参花　曾宪清 / 摄

辨方向了，总算走进一家不怎么起眼的农家小院。

厨师先是端上一盆水煮鱼，在东北偏僻的小店，能吃到地道的川味，确实有点喜出望外。但更吸引我的，是随后端上的一盆土鸡汤，说是人参炖的，浓浓的人参气味，还没上桌就已经香气四溢了。主人上来就给我盛了一大碗，我虽然平常不怎么吃鸡，但这次因为是用人参炖的，恭敬不如从命，迫不及待地尝了一口。

"味道怎么样？"一旁的主人很期待地问。

"味道好极了。"回答得很干脆，其实只是客套话，因为是平生第一次吃。

等到要上主食的时候，服务员推荐说有人参馅的饺子，满桌的人不约而同地点头说好。待人参馅饺子端上来，在座的吃得都特别欢实，津津有味的样子。

我问当地人平常家里做菜用人参的时候多吗，回答是"不多"，也只是吃个稀奇。

产出地的人没吃过当地产出的产品，有时候也是见怪不怪。有一阵子，电视广告中经常高频次推销"洪湖野莲汁"、"洪湖野藕汁"，可作为洪湖人的我，居然从未喝过，甚至都没怎么见过。

吃完饭，主人带我们直奔"中国人参之乡"——抚松县万良镇，这里的长白山人参市场据说是亚洲最大的人参交易市场，每年8月至次年4月的人参销售旺季，每天参加市场交易的人员达25000人次。万良镇全产业链人参年交易额达180亿元，光是鲜参，年销售就有3.2万吨。

走在万良镇的街道上，两边的"人参特产"商铺密密麻麻，一家挨着一家，煞是壮观。那些

摆在地摊上、摆在筐里一堆一堆卖的，不懂行的
人见了，还真有可能以为是卖萝卜的。

万良镇的书记告诉我："万良原来叫'万两'，
后取其谐音，改过来的。全镇 80% 以上的人从事

东北野山参　曾宪清／摄

与人参相关的工作，小日子一直过得有滋有味。"

人参虽然贵为"百草之王"，都知道是个好东西，但一般人的认知，包括我自己，大都还停留在"药"的层面：人参药性强，吃了容易"上火"，甚至吃多了会流鼻血。"是药三分毒"，很多人因此心存敬畏，轻易不会吃也不敢吃。

其实，人参不只是药材，同时也是上等的食材。我国食用人参的历史悠久，商代青铜食器"盉"上就有"参"字，表明商代的王公贵族可能就已食用人参。医药专家和人参专家的研究表明，人参"药食同源"的属性让人参作为药品能够治病，作为食品适合绝大多数人日常食用；没有疾病的正常人食用人参，能达到补养身体、预防疾病、养生保健的目的。

今年夏天，前往通化市柳河县云岭野山参种植基地，有幸见识到丰富的人参宴菜谱。一道名为"落地生根"的菜肴，就很有创意：八寸白色瓷盘中，一支鲜野山参切片后整支按原造型摆放，芦头处垫以绿色人参叶片，盘中散落着红色的人参果，造型和色彩都很可人。随后的几道菜，也都是家常做法：野山参鲜虾丸、拔丝野山参、人参银耳羹、人参炖牛腩……

基地负责人曾宪清说，采用我们基地生长的野山参，以刺身、炒、炖、煮等烹饪手法制作的"饕餮盛宴"，配上我们自制的野山参酒，这样的人参宴席，算是我们的独创，要是能推广开来，前景不可限量。

"一次吃这么多野山参，身体会不会消受不起呀？"如此豪华的人参阵仗，确实把我们震撼到了，不免有些担心。

"野山参年头越长越温和。一桌酒席就这么一点儿量，绝对没问题，完全可以放心吃。"

曾宪清在这片长白山优质野山参生长区域内建立了13块野山参繁衍护育基地，总占地面积4.6万亩，拥有国内非常先进的集野山参生物研究、精深加工为一体的工业基地。他说："因为国内市场没有科学的价格体系，人参行情不好，我现在就守着这片山林，基本不怎么操作，不敢卖了。"

"好像有个说法：'中国人参在药房，韩国人参在餐桌。'人参走上中国人的餐桌，就那么难么？"

在人参行业摸爬滚打了几十年的曾宪清，显得有点儿垂头丧气。

他说，长期以来，我们一直把人参当作药材管理。在 20 世纪 90 年代之前，才有部分人参制

万良人参交易市场　宿桂荣 / 摄

品被允许作为食品在市场上销售。2002年又被局限于保健品食用范围，凡是以人参为原料的制品不能办理食品生产许可证，导致人参食品几近消失。至2012年，原卫生部批准了5年及5年生以下人工种植的人参列入"新资源食品"目录，同时规定食用量为每天不大于3克。但是根据国家质检总局《关于组织开展对全部二十八大类食品无证查处工作的通知》，在全部二十八大类食品中却没有人参一项。也就是说，人参虽然进入了食品领域，但没有进入生产许可证产品目录，人参企业无法办理进入食品领域的生产许可证，等于没有进入市场的通行证。

其实，美国、加拿大、日本、韩国等早已把人参作为食品应用。韩国民众日常食用的并不是野山参，而是6年以下人工种植的鲜参及其制品，90%以上的人参通过食品形式被消费，超过600种的人参类食品遍布商店、超市和餐厅，如人参饮品、饼干、糖、巧克力、果酱、口香糖等，人参产品也被宣传为一种老少皆宜的大众食品。据统计，韩国每年人均人参消费量达400克，大约

餐桌上的鲜野山参　　斯雄／摄

是我国的 20 倍。"产量大国，产业小国"，这是中国人参的现实困局与尴尬。

到底应该如何破局？比如，人参从药用如何真正扩大到食用，形成完整产业链，让"百草之王"在"健康中国"建设中发挥更大作用？很多人都很着急。

"中药的发源与发展都是以'药食同源'为基础的，"人参专家、吉林省园艺特产协会会长冯家认为，"人参其实同大枣、山楂、大蒜等一样，既是药材又是食品，完全可以日常食用，并发挥保健作用。"

今年6月，传来了好消息。吉林省出台《关于加快推进全省人参产业高质量发展的实施意见》。随后，国家林业和草原局等六部门联合发布《关于支持吉林人参产业高质量发展的意见》。其中专门提到"进一步健全人参进入食品机制"，让人们看到了人参走向餐桌的一线曙光："积极争取国家有关部门支持，加快推动允许全植株、全参龄人参进入食品"，"方便快捷完成人参食品企业标准备案"，"扩大人参食品生产许可范围，对以五年及五年以下人工种植人参根及根茎为原料的人参片、人参粉等核发食品生产许可证。鼓励企业开发符合食品标准、方便易食的人参新产品……对符合条件的企业，及时帮助办理人参食品生产许可。"

那天，我和曾宪清一起议论内地人参市场的状况，虽为吉林这两个"意见"的出台而高兴，但又觉得凡事大而全地抓，齐抓共管，不一定管用。做事得有抓手，最好从抓大放小开始。

对于人参产业来说，真正琢磨好如何走向餐桌，辅之以安全性评估、新产品开发及政策性配套，反倒可能是个很讨巧的抓手。试想想，14亿人的餐桌，将是何等巨大的市场和产业——果真如此，人参能堂而皇之地走进千家万户，成为人人喜爱的盘中飧，又将是何等壮观的"饕餮盛宴"啊。

"人参一旦吃多了，真要有什么不良反应，有啥简单的好办法化解么？"或许还是有些心虚而杞人忧天，我问曾宪清。

"其实很简单，如果感觉到头发沉啥的，吃萝卜就能泄气，很快即可化解。"

这可真是凑巧了，经常被笑称卖出"萝卜价"的人参，外形和萝卜本来就很像，没想到真还能相生相克。

在我办公室里，摆着一个抚松县制作的布艺文旅产品"人参娃娃"。每当看到那可爱又充满

云岭野山参基地的野山参　曾宪清／摄

人参产品加工　卢文／摄

期待的大眼睛，我就想告诉它：莫急！世间万物，凡事都有解，无论是破解还是化解——这既是期盼，也是真理。

（原载《大公报》2022 年 12 月 14 日 B08 版、2022 年 12 月 15 日 B02 版）

扫描二维码　　扫描二维码
收听音频　　观看视频

四访查干湖

去年 9 月刚到吉林工作的时候，遇到一位曾在内蒙古工作过的领导，他问我："查干湖冬捕现在整得动静挺大，可蒙古族人本来是不吃鱼的呀？"这话还真把我给问住了。

查干湖，蒙古语为"查干淖尔"，意为白色圣洁的湖，位于吉林省西北部的松原市前郭尔罗斯蒙古族自治县境内。这里是吉林省与内蒙古自治区、黑龙江省相邻的金三角地区，科尔沁草原东部，霍林河、嫩江在此交汇。

这些年，每到冬季，查干湖冬捕都很吸引人眼球。到吉林工作不到 8 个月，我居然已经四赴查干湖。

第一次去，是在去年 11 月下旬，湖面已开始结冰，苍凉而静谧。大约因为气温不够低，有的地方冰结得厚、有的地方结得薄，还有少数地方并未封冻，在夕阳的映衬之下，整个湖面仿佛一幅大写意的水墨画，线条勾勒得很随性，黑白相间的底色之上，涂抹着淡淡的红与黄。

那天正好碰见查干湖的"鱼把头"张文。我们穿着厚厚的羽绒服，配上帽子手套皮靴子，捂得严严实实，仍然冻得瑟瑟发抖；张文只穿一件稍厚的夹克，衬衣领口敞着，居然精神抖擞。

"鱼把头"是查干湖渔猎文化的传承人，是打渔人中的能人，识鱼性，通过观察冰的颜色、听冰下的声音，能准确预测湖中鱼群的位置。冬捕时，先由鱼把头来确定下网和收网的位置。旁边有人悄悄告诉我，张文是第 20 代传承人，现在成"网红"了，名气大着呢。

张文告诉我，截至 2021 年 6 月，查干湖水域面积超过 400 平方公里。我老家的洪湖号称中国十大淡水湖之一，水域面积亦不过 350 平方公里。查干湖面积比洪湖还大，难怪一眼望不到边。

第二次去查干湖，是在 2021 年 12 月 28 日，正好赶上一年一度的冬捕节，全称为"查干湖第二十届冰雪渔猎文化旅游节"。

历史上的蒙古人，崇拜天地山川，素有祭山祭水的风俗。

查干湖冬捕节首先进行的是"祭湖醒网"仪式：由身穿蒙古袍、络腮虬髯的"鱼把头"宣布仪式开始，锣鼓震天，法号齐鸣；盛装的蒙古族姑娘为渔工们献上奶干，众喇嘛手持法铃，吹奏着海螺、牛角号，绕供桌、冰雪敖包、炭火转三圈后，合掌诵经，查玛舞随之舞起；"鱼把头"端起斟满奶酒的木碗，双手举过头，朗诵祭湖词，祭祀天父、地母、湖神，保佑万物生灵永续繁衍，百姓生活吉祥安康。

站在零下 20 多摄氏度的冰天雪地里，这场景一下子把人代入古老年代，神圣、庄严又神秘。

千百年前的活动场景，被原汁原味地复制后，湖醒了，当代人也被唤醒了，从四面八方涌来。

主人介绍说，受新冠肺炎疫情影响，这次没有大张旗鼓地操持，但仍然有 4 万多人参加，不少是来自全国各地的网红主播，自行赶来做直播、蹭流量的。往年最多的一次，来了 20 万人。

第三次去查干湖，是在转年的元旦过后。早

查干湖第二十届冰雪渔猎文化旅游节开幕式　李斯白/摄

晨 7 点开车直奔湖中下
网的地点。赶到的时候，
张文他们已经在凿冰打
眼忙乎了，每隔 15 米打
一个眼，下网的面积长
宽各 1000 米，带着防
滑铁质脚掌的马匹在附
近正悠闲地甩着尾巴。
张文说，他们在凌晨 2
点就已经下湖了，确定
下网收网的位置，准备
好渔网等工具，给马儿
喂饱草料。

待到下午 1 点，我
们再赶过去，已开始收
网出鱼了。一边是马拉
绞盘，不停地转着圈，
渔网从冰下缓缓拖出；
一边是出鱼口，两边围
满了人，差不多人人都

举着手机，还有架设的摄像机和手机，全都紧盯着出鱼口。刚出冰面的鱼儿在活蹦乱跳地挣扎，胖头鱼、鲤鱼、大白鱼大小不一，大的有二三十斤；

查干湖，年年有鱼　李纯金/摄

冰湖腾鱼，查干湖出鱼啦！　　王佳亮／摄

不时传来阵阵惊呼,那一定是出现了鱼大且多的
场景。网络和自媒体平台的各种直播,把个冬捕
弄得好不热闹。

　　人群中，有不少是家长带着小朋友来的，估计和我一样，来看个稀奇。

　　我问世代打渔的张文，听说蒙古族是不捕鱼、

查干湖冬捕现场　常建儒／摄

人悦马欢鱼腾 查干湖喜获"红网"　王佳亮/摄

不吃鱼的呀？

他说："也不是，查干湖的渔猎，自古就有，郭尔罗斯的蒙古族一直以来不仅吃鱼，而且捕鱼。"他补充说，有一种解释是，"郭尔罗斯的农业和牧业过去不怎么发达，单纯靠农牧业产品无法满足人口日益增多的需要，吃鱼也就成了维持生存的一种必然选择"。

我找当地人要了一本 2010 年出版的《查干湖渔场志》，书中把这些事说明白了。

查干湖一带，自古以来江流泡沼星罗棋布，沿岸林木翁郁，田野芳草葳蕤，水草肥美，鱼虾穿梭，雁鸭栖集。这里的人们，世代以渔猎为生。尤其是在寒冷漫长的冬季，他们更是依靠传统的捕鱼方式，维系生计，繁衍生息。远在旧石器时代晚期，查干湖畔"青山头人"就在此捕鱼捞虾、男猎女耕。至辽金，查干湖又成为皇帝举行"春捺钵"的垂青之地，凿冰取鱼，设"头鱼宴"，纵鹰捕鹅，设"头鹅宴"，尽享捕猎鱼禽之乐。

既为生存，又有娱乐，可谓两全其美。查干湖旅游经济开发区管委会的领导用一组排比句，给我描绘查干湖的四季美景：春有生机之光，夏有佳境之美，秋有诗画之味，冬有渔猎之奇。

但张文告诉我，查干湖历史上也经历过曲折，因人为和自然因素所致，几次干涸。

　　张文回忆，上世纪六七十年代，由于查干湖主要水源区人类活动加剧，加之干旱少雨和水源断流，湿地面积明显退缩。几近干涸的湖面，致使鱼、苇绝迹，裸露的湖底盐碱泛起，风卷沙碱

查干湖之夏　王佳亮/摄

遮天蔽日，湖水变成了暗红色，整个湿地生态系统遭受灭顶之灾，环境极度恶化，很多人甚至不得不背井离乡。

转机发生在上世纪 70 年代中期。前郭尔罗斯各族人民，举全县之力开挖"引松渠"。8 万多名建设者用原始的手挖肩担方式，开凿出 50 多公里水道，将松花江水引入查干湖。随后的日子里，河湖连通、湿地过滤、生物降解，以及封湖涵养、

增殖放流、合理捕捞、植树造林、退耕还草……
全方位人工修复与治理业已破坏的生态。

　　生态的修复与治理，既要人工修复，还得顺
应自然，充分发挥大自然的自我修复能力。只要
循其理，给予适宜的"土壤"，大自然自我修复
所爆发出的旺盛生命力，常常超出人们想象。

　　好比查干湖，会发现许多变化只是复原生态，
回到从前。如今热闹的查干湖冬捕，包括春捺钵

美丽的查干湖畔　松原市前郭县委宣传部 / 提供

　　仪式，不过是古老情景的重现。这种回到从前，其实是难得的庆幸，是浴火重生，是新的起点。

　　即使是回到从前，也并不都是简单地还原。查干湖的生态修复，除了依靠大自然的自我修复

春到查干湖　王学雷／摄

能力恢复原生态，更以河湖连通永久性地解决水源问题等人工治理，两相结合，相得益彰，才固化了生态修复成果，提升生态环境成色，彻底赋予查干湖生机与活力。

查干湖秋韵　佟峻山／摄

短短几十年时间，查干湖生态环境逐步改善。查干湖的水域面积恢复甚至超出原有水平，水质提升，水草复生，现已成为鱼类的天然繁殖场、鸟类理想的栖息繁殖地，被批准为国家级自然保护区。每年鲜鱼产量在 6000 吨以上，冬捕单网次捕获量最高达 52 万斤；保护区内鸟类增至 249 种，野生植物 200 余种。

人不负青山，青山定不负人。查干湖重现冰湖腾鱼，既是"人不负查干湖"的承诺，也是"查干湖不负人"的兑现，是人与自然"两不负"的完美诠释。

那天，当地主人带我去看了他们正在打造的查干湖生态小镇。新开辟的查干湖旅游度假区，夏季以大湖湿地、草原风光及蒙古族风情为特色，冬季以冬网捕鱼、展现渔猎文化为主要内容，集观光、娱乐、休闲、度假、餐饮、购物等功能为一体。

查干湖找到了一条生存之路、富裕之路、发展之路。保护生态和发展旅游相得益彰，人在与自然和谐共生中，达至共存共荣，年年打渔，年年有余。

今年 5 月中旬，我第四次来到查干湖。东北的初夏，仍有南方春色的味道。我们先乘快艇，看水草丰美的南湖，并在一片长满蒲草的水域停留，观赏雁鸭栖集、筑巢孵雏的场景。受惊的鸟儿鸣叫着起降，并不远飞。随后经过前不久刚刚增殖放流的平台，再往北湖。由东向西飞驰 17 公里，抵湖西岸，但见一片一望无际的湿地，成群的鸟儿从湿地飞起。

"丹顶鹤！"同船的张文惊叫起来。顺着他的目光，只见天空中有 4 只正结队飞行的大鸟，"这片湿地里，有 200 多种鸟类常年栖息，因为既无陆路又无水路，人迹罕至，鸟类不会受到惊扰。"

"湖底有水草，岸边有湿地，查干湖凭着完整的生态链，已经可以自我循环了。仅从渔业的角度看，你们除了每年增殖放流，会有一点儿购买鱼苗的成本，其他就不需要多少投入了吧？"我问。

"差不多吧。仅靠查干湖，轻轻松松养育了湖边多少人啊，而且还能世世代代延续下去。"

　　这才是真正的靠水吃水，而且因为"两不负"，所以靠得住。惟其如此，人与大自然都能得偿所愿，成就出彼此的相依与欢喜，足矣。

（原载《人民日报（海外版）》2022 年 7 月 2 日第 7 版）

扫描二维码　　　扫描二维码
收听音频　　　　观看视频

不舍"二人转"

上世纪80年代，盛极一时的央视春晚舞台上，有一阵子忽然冒出一个名为"小品"的曲艺门类，火得不行。留下印象的是陈佩斯和朱时茂等表演的《羊肉串》、《吃面条》、《主角与配角》、《警察与小偷》等，带喜剧表演风格，既幽默又深刻，让人耳目一新，其风头已然完全盖过了当时广受欢迎与期待的相声。

奇怪的是，过了一阵子，陈佩斯和朱时茂的小品在春晚上突然就销声匿迹了。

至90年代，赵本山等人带东北味的小品在春晚上一炮打响，且一发不可收拾地火了起来，也让全国人民由此知道了二人转。

这类小品，与传统相声差不多，都是三两个人，有表演有"说口"，妙语连珠，"包袱"一个接一个，给除夕夜的人们平添了不少喜庆与欢乐。

和现在不大一样的是，那个年代老百姓的娱乐方式相对贫乏，一年一度的央视春晚仿佛是全民的娱乐盛宴，几乎成为春节节庆不可或缺的一部分了。而流行看春晚，很多时候其实只是等着看小品，其中的一些"金句"，经常能成为当年的流行语。

于是乎，东北二人转也开始走红了。其标志之一，应该是辽宁民间艺术团在沈阳创建"刘老根大舞台"剧场，据说演出场场爆满。差不多同一时期，吉林省以长春市和平大戏院、东北风二人转艺术团为代表的民间二人转，也火了起来。他们带着二人转走出农村，所处的方位也不再是大城市的边沿，而是真正走进了城市，受到北京、上海、广州、杭州等天南地北大城市观众的欢迎，几乎成了都市人文化生活中的"新宠"。

2008年去沈阳出差，那个时候正是东北味小品流行的时候，我特意去看了一场"刘老根大舞台"的二人转演出。可看完感觉与我想象中的二人转，包括与春晚中的东北味小品，好像不大一样，而且似乎太素了。之前听说，地道的二人转是很俗的呀。

　　朋友解释说，这里演出的是绿色二人转。我问有没有不"绿色"的，很想看看原汁原味的二

单出头《南郭学艺》展示二人转的"扮"

梨树县地方戏曲剧团 / 提供

人转到底是啥样子。

第二天，果然又看了一场，演出地点好像是一家电影院，记忆中应该是在沈阳老城区，从狭窄的街巷七弯八拐走进去，周边的房子都低矮破旧。进去的时候已经开演了，整个影院坐得满满当当，现场气氛很是热烈，笑声一波接一波。

可能因为"包袱"用的是东北土话，很多我都听不大懂。经常是我周边人已笑得前仰后合，唯独我毫无反应，显得很囧很傻。

场面尽管热闹，可是从头至尾，演员的"脏口"太多，张嘴就来，就差句句带脏字了。虽然很搞笑，但感觉好别扭。印象中有个节目，叫啥名字忘了，一男一女在台上"打情骂俏"，那女的几乎每说一句话，就扇男的一耳刮子，是真打，带响的那种，而男的差不多一直在捂着脸表演，丝毫没有愠怒和反抗的意思……这种"暴力"场面，我看着很不舒服。然而我周边的观众全都全神贯注，不说如痴如醉，反正始终跟着演出的节奏，一副很专注、很受用的样子。

也正是这一次，我才知道还有二人转"黄、绿"

二人转《夫妻串门》展示二人转的"扮"

梨树县地方戏曲剧团／提供

之分。

再后来，全国范围内掀起一场坚决抵制庸俗、低俗、媚俗之风的反"三俗"行动。很快，曾经相当流行的带东北味的小品，连带二人转的演出，逐渐淡出人们的视野。

有人说，凡是流行的，都是不长久的。这话多少有些道理。

这一晃，又好多年过去了。

话说今年年初，去吉林四平市出差，闲谈之中，听市里领导说到二人转，并介绍梨树县是"中国二人转之乡"，演出搞得有声有色。我本能地想到，好多年没怎么关注"二人转"了，现在到底是啥状况呢？

第二天去梨树，没想到县里居然有专门的二人转剧团，还建有面积4200多平方米的剧场，建筑外观是个扇面造型，很像是正在表演"舞彩扇"。梨树县地方戏曲剧团有限责任公司是以演出二人转为主，戏剧、歌舞、小品为辅的专业艺术表演团体，公司董事长赵丹丹还是全国曲艺大赛"牡丹奖"获得者。

我们先到剧场二楼参观二人转展廊，展示的都是二人转演出的行头、道具等老物件。赵丹丹一边带我们参观，一边给我们普及二人转的知识：二人转过去有好多称谓，小秧歌、双玩艺、蹦蹦、双条边曲、风柳、春歌、半班戏等，一个地方一个叫法。新中国成立后，在东北三省及内蒙古、河北一带才统称为二人转。

　　"现在人们普遍把'转彩绢'和'舞彩扇'看成是传统二人转的标志性'绝活'。"赵丹丹说，"事实上，这两种招牌式表演都是新中国成立后的文艺汇演中才出现的。据说，'转彩绢'是为

二人转《双菊花》展示二人转的"唱"

梨树县地方戏曲剧团 / 提供

表现'轰隆隆的机器转得欢'的社会主义大工业生产而发明的。"

赵丹丹现场示范，并试着教我们转彩绢和手玉子。用手指顶着彩绢转个几圈问题不大，但要高抛平稳转出去，就很见功夫了；最难的是让彩绢飞到十几米开外的观众头上，再稳稳地飞回表演者手里，谓之"凤还巢"。

"二人转为什么叫曲艺，而不是称为戏曲呢？"我有些疑惑。

"二人转里有句行话：'千军万马，就是咱俩。'二人转表演形式大致可分为三种：一种是二人化装成一丑一旦的对唱形式，边说边唱，边唱边舞，这是名副其实的'二人转'；一种是一人且唱且舞，称为'单出头'；一种是演员以各种角色出现在舞台上说唱，称作'拉场戏'。因为整出戏出场人物太少，所以不被称之为戏曲。"

"全国人民知道二人转，大多是通过春晚中带东北味的小品。那种小品的功夫，只能算是二人转行内讲的'说口'吧？"

"算是二人转中的拉场戏吧。二人转讲究'五功',也就是'说、唱、扮、舞、绝'。演员上场先'说',主要靠嘴皮子利落,虽不是正篇,但抛砖引玉,插科打诨,用相声式甩'包袱'技巧,讲究寸得住、甩得准、摔得响,出其不意地出滑稽、

二人转《武则天》展示二人转的"唱"

梨树县地方戏曲剧团 / 提供

抖笑料，可以很快与观众拉近距离。"

　　我在吉林接触到的老一辈人中，现在还真有不少很迷恋二人转的。不过，念念不忘的更多是二人转老的经典剧目，比如《马前泼水》、《回

二人转《猪八戒拱地》展示二人转的"扮"

梨树县地方戏曲剧团／提供

杯记》、《猪八戒拱地》、《包公断后》等，有完整故事情节，有固定曲调和唱段。

赵丹丹说，梨树二人转正是以唱为主，剧目也一直在不断发展，除了像《夫妻串门》、《南郭学艺》、《梁赛金擀面》这样久唱不衰的经典，近二三十年来创作的《写情书》、《放金龟》、《香妃梦》等新剧目，都很受欢迎，斩获多项全国大奖。

那天，赵丹丹专门安排了一场简短演出，有以唱为主的传统剧目与新编剧目，也有转彩绢、舞彩扇、打手玉子等绝活，整场演出，从头到尾都很"绿色"。给我的印象，全然是一台热闹的歌舞晚会。

转眼到了今年入冬的时候，我去松花江大剧院二人转大舞台又看了一场二人转演出。剧场内外随处可见招徕人的广告："二人转大舞台，开心你就来"。

"如今，二人转大舞台已是地道的曲苑杂坛。今晚的演出编排了歌舞、小品、模仿秀、脱口秀等，"演出主持人告诉我，"传统的二人转艺术串联其中，是整场节目的灵魂。"

剧场负责人说，疫情前，剧场二人转演出场场爆满。如今，疫情的影响还未散去，容纳三百多人的剧场，近期上座率不足三分之一，但这丝毫未影响演员表演和台下观众的热情。

开场歌舞之后，是"传统正戏"《小帽连唱》、《猪八戒背媳妇》；后面穿插有"舞蹈"、"特技"，还有四个名为"二人转"的节目《开心一刻》、《精彩绝活》、《小神腿大宝贝》、《搞笑大伽》，基本算是"说口"加"绝活"，不外乎劈叉、下腰、翻跟头、模仿秀等；唯一一个名为"小品"的节目，是五六名演员出演的《皇上出宫》，正是当年春晚上带东北味小品的那个模样。

演员都很投入、很敬业，也很有才，很会搞笑，还有"打彩头"的环节，台上台下互动频繁，观众的掌声和叫好声不断。可说话时不时带"葱花蒜皮"（指荤、脏、脏话），还是让我感到不大自在。

第二天，陪同的女同志问起昨晚看的二人转感觉怎么样，我半开玩笑地说："难怪你昨天没陪同去看呢！"

二人转《热血青春》展示二人转的"舞"
梨树县地方戏曲剧团／提供

是地方文化，就不可能免俗。有人甚至认为，东北，正是民俗文化的集大成者。

本土、草根的东西，虽然朴实却难免粗陋，带着"下里巴人"的味道。大约最初也是因为难登大雅之堂，清兵进关，就没带上二人转。有记载说，早在 1879 年，当时的梨树县衙就曾出告示查禁蹦蹦戏（即二人转），一直到民国，二人转屡屡遭到"禁止"、"取缔"。

1951 年，中央人民政府政务院发布《关于戏曲改革工作的指示》，明确规定戏曲改制、改人、改戏，坚决剔除"低级、庸俗、丑恶"的表演，发展"健康、幽默、风趣"的优良传统，二人转自然也在改造之列。当年的"三改"，可看作是后来反"三俗"的先声，两者都算是应时而出、应需而作。

一位二人转剧作家说得很直白："趣味"历来有高级、低级之分。人类社会文明程度就是要看摆脱动物性、摆脱低级趣味的程度。把床单或其他什么东西当幕布，把被窝里的一些事展现到舞台上，这种趣味，就是赤裸裸的粗俗与低级。

人的趣味，是可以引导和培养的。一味地迎合，只会拉低层次，自毁长城。

如何在保持地域性、民族性的基础上创新，在继承传统的同时适应新的需求和新的语境，做到雅俗共赏，把观众吸引过来？这本是振兴地方戏曲曲艺共性的难题。必要的保护与扶持，向以文化为甚，但其自身有无生命力，能否适应当下的社会与时代发展，尚需斟酌与考量。过度的人工干预，近于颠顸，劳民伤财不说，难免南辕北辙、事倍功半。

"坚守这块阵地，把梨树二人转传承、发展、创新、弘扬好，是剧团所有人义不容辞的责任。"赵丹丹倒是信心满满。

二人转《香妃梦》展示二人转的"唱"

梨树县地方戏曲剧团／提供

"二人转，车轱辘菜，乡间路旁开不败。"坚持民间的思维方式、表达方式、接受方式，把思想性、知识性、艺术性、观赏性相统一，适应并提高观众审美趣味，才是二人转生命力之所在。这些年，梨树县地方戏曲剧团在二人转的传承与创新上下功夫，使得二人转的演出不仅在省内"转"得响，在全国"转"得开，还"转"出了国门，多次受邀赴海外演出，其情可感，其意可叹，其志可赞。

"宁舍一顿饭，不舍二人转"，农耕时代的二人转在黑土地上的分量，可见一斑。在新时代的今天，渠道、平台以及欣赏趣味和习惯，已发生颠覆性改变，传统技艺能够生存下来，并与时俱进、有所发展，说明生命力尚在，天地也宽，已经很不简单。

阳春白雪与下里巴人，从来就不是非黑即白、非此即彼的对立关系。文化多元性与生物多样性一样，让世界因多姿多彩而充满生机，让每个人都有充足余地选择各自适宜且喜欢的生活娱乐方式，因和谐而共荣共生。

二人转群舞群唱《梨园赏花》展示二人转大板绝活

梨树县地方戏曲剧团／提供

娱乐，是一种个性化的生活方式。流行与否、舍与不舍，尤其是年轻人能否接受和喜爱，难以强求，顺其自然，反倒是个明智的选择。

（原载《大公报》2023 年 2 月 6 日第 B2、7 日第 B3：大公园版）

扫描二维码　　　　扫描二维码

收听音频　　　　　观看视频

溥仪的另类"皇宫"

读中国近现代史，一直是件很痛苦的事。作为中国人，常常不忍卒读，却又不得不面对。

说到中国末代皇帝爱新觉罗·溥仪，其皇宫在北京紫禁城，世所周知。明清两朝的皇家宫殿，后来称之为北京故宫。至今，去故宫参观的人，络绎不绝，以至于每天不得不限制参观人数，还得网上提前预约。

我对溥仪的关注，缘起于上初中的时候，看到父亲买的一本书——溥仪著《我的前半生》，当时就很好奇。后来又读到溥仪的洋老师庄士敦所著《紫禁城的黄昏》，也提到他最后一次见溥仪的场面，我在香港工作时还专门买了另外的版本研读。

溥仪后来在日本人的扶持下，于东北做了"满洲国皇帝"，也有一座"皇宫"，后来谓之"伪满皇宫"。名气和阵仗自然与北京故宫不可同日而语，不少人还以为是在辽宁沈阳，其实是在吉林长春。

20多年前，我第一次到长春，省里的领导晚上请餐叙。接我的车进一院墙门之后，蜿蜒而行，来到松苑宾馆。建筑不高，外表和内装修都很别致。陪同的人告诉我，这里是省委的接待宾馆，过去是日本关东军司令官官邸。

那天晚上，吃了什么、聊了什么，已然完全不记得了。给我留下深刻印象的是，关东军司令官官邸旧址的建筑和设施，数十年后依然完好，仍能使用，而且居然是当时当地最好的宾馆之一，让人有一种说不出的感觉。

2021年9月，转场到长春工作，这也是我第二次踏上吉林的土地。第一次到省委开会，一进省委大院就感觉到，吉林省委办公楼的建筑特色与通常党政机关办公楼的风格不大一样。接待的人告诉我，这里原来是关东军司令部——日式风格的建筑，1933年始建，1934年竣工，主体建筑地上三层，半地下一层，建筑的正中另建有五层

伪满皇宫博物院·同德门　杨铭/摄

塔楼。很不容易的是，建筑至今基本保持原貌。

"日本关东宪兵司令部旧址还在吗？"我的好奇心又上来了。

"还在，现在是吉林省人民政府办公楼。"

长春，曾作为伪满洲国"国都"，改名为"新京"。出于长期侵占我国东北和实行殖民统治的长远目标，日本人对"新京"的城市规划和建设极为重视，将长春作为日本现代建筑和城市规划的实验地，倾力对长春进行了全面、严谨的规划和建设，据说运用了许多西方现代先进的城市规划设计理念。比如，借鉴了19世纪巴黎的改造规划模式和英国学者霍华德的花园城市理论，城市风格接近澳大利亚首都堪培拉。

在当时，长春的城市建设中出现了诸多让人侧目的"第一"：中国第一个全部由外国专家规划设计的城市，中国唯一仿照外国都市建造的城市，亚洲第一个普及抽水马桶的城市，亚洲第一个全面普及管道煤气的城市，亚洲第一个实现主干道电线入地的城市，中国第一个规划地铁的城市……从规划到建设，没有一个城市像伪满时期的长春那样完整成规模，几乎所有的建筑都充满殖民色彩，堪称殖民建筑之首，也因此成为日本帝国主义侵略中国东北的最好见证。

这些建筑大部分采用了所谓"兴亚式建筑风格"，虽略带中国建筑风格，但主要是表达所谓"复兴东亚"之意，或称"帝国冠帽"。立面试图给人以压倒性气势，平面也多作"日"字形或"亚"字形，处处隐含着军国主义侵略扩张的思想意识。

在长春，最有影响力的伪满建筑，当属溥仪的"皇宫"，位于长春市东北角的光复路，占地面积13.7万平方米。溥仪于1932年至1945年在这里居住13年半。1945年日本投降、"满洲国皇帝"宣布退位后，溥仪当年的"皇宫"一直被占用。1962年12月，吉林省利用宫廷部分建筑成立伪皇宫陈列馆，并举办"日本帝国主义侵略中国东北十四年罪证陈列展"。2001年2月，吉林省将伪皇宫陈列馆更名为"伪满皇宫博物院"。

伪满皇宫号称"皇宫"，其实整个建筑群并不成龙配套，建筑风格也不统一，并没有想象中的那么金碧辉煌和威严宏阔，看起来倒更像个盆

景。中国政府不承认"满洲国"，凡提及，必加上"伪"字前缀。"伪满皇宫"是民间的俗称，"满洲国"当时确定的正式名称是"帝宫"。溥仪虽又得到

伪满皇宫博物院·勤民楼　杨铭/摄

了"皇帝"的封号，但"满洲国"比日本矮一辈儿，
日本有天皇，遂有皇室、皇宫，"满洲国"只能
用"皇帝"一词中后面的"帝"字，相应被称作"帝

室"、"帝宫"。

伪满皇宫的前身是民国时期管理吉、黑盐务的吉黑榷运局官署，伪满洲国建立后，先后成为傀儡政权的"执政府"、"帝宫"。拥有大小建筑数十座，主体建筑是一组黄色琉璃瓦覆顶的二层小楼，分为进行政治活动的外廷和日常生活的内廷。

外廷是溥仪处理政务的场所，主要建筑有勤民楼、怀远楼、嘉乐殿。内廷是溥仪及其眷属日常生活区域，其中缉熙楼是溥仪和皇后婉容的居所，同德殿是"福贵人"李玉琴的居所。缉熙楼、勤民楼、同德殿里都保存有溥仪当年留下来的物件，每一间房屋都有溥仪在此喜怒哀乐的沉浮故事。

伪满皇宫算是中国保存比较完整的宫廷遗址之一。我问博物院的金牌讲解王漫："来参观的游客，最感兴趣的是哪些地方？"

"当然是生活区，比如缉熙楼、同德殿。大家对皇帝、皇后的生活起居、梳妆打扮甚至娱乐方式都很感兴趣，觉得稀奇。"

溥仪其实是比较西化和洋派的。为了尽量满足溥仪在生活上的享受,伪满皇宫里不仅建有网球场、高尔夫球场、跑马场、台球间、游泳池,还辟有专门的钢琴间、电影放映厅等。

"帝室御用挂?"参观的时候,设在勤民楼承光门东侧南房一间办公室古怪的名称,再次勾起我的好奇心。

王漫告诉我,帝室御用挂的全称是"满洲国帝室御用挂",是个官职,由日本的"皇室御用挂"演变而来。"御用挂"是日语名词,"御用"是"事情"的敬语,指皇帝的事情,"挂"是"从事、办理"的意思,帝室御用挂相当于"内廷行走"或"皇室秘书"。不过,"满洲国帝室御用挂"可不是用来伺候皇帝的,而是关东军为监视、控制、操纵溥仪而设立的,即使是溥仪会客时,也必须由"帝室御用挂"在旁"侍应",实质是监督。

现存的伪满皇宫,只是溥仪临时宫廷所在地。在当年拟定"满洲国国都"规划中,新皇宫是重要的组成部分,1935年7月起,关东军成立了宫廷造营筹备委员会,计划用8年时间,预算伪

币 1400 万元建成新皇宫。宫址选在杏花村的顺天广场，新皇宫总体占地面积 51.2 万平方米，并于 1938 年 11 月举行"开工典礼"。新皇宫地基刚刚打好，1941 年因太平洋战争爆发而被迫停建。

伪满皇宫博物院·同德殿　杨铭／摄

新中国成立后，在"新皇宫旧址"上建成长春地质学院（现属吉林大学）的教学大楼地质宫，使用至今。

"半个长春市，一部沦陷史。"城市的建

筑，记载着城市的历史，长春城市建筑中，最富特色的无疑是伪满时期的历史遗存。长春建城只有 200 多年历史，但具有文物性质的伪满建筑遗存相当丰富。如今，伪满皇宫旧址、伪满"国务院"旧址、日本关东军司令部旧址、伪满"中央银行"旧址等 9 处，已是吉林省级重点文物保护单位；日本关东宪兵司令部旧址、伪满"外交部"旧址、伪满"军事部"旧址等 37 处，都是长春市级重点文物保护单位。加上还有为数众多没有被纳入文保单位的，数量多且成规模，又都带有唯一性，足以构成长春独特的城市风貌和人文风景，更是那段屈辱历史的铁证。

第一次去参观，一下车，看到院门口竖挂着的"伪满皇宫博物院"牌子，起初被那个"伪"字给惊到了，感觉怪怪的。

"伪"字的本意，是指"不合法的；窃取政权、不为人民所拥护的"。日本在中国东北扶持的"满洲国"，是个地地道道的傀儡政权，日本战败之后随之灰飞烟灭，回过头来看其本质，就更加明了了。当年在"满洲国"前冠之以"伪"，倒也恰如其分。

伪满皇宫博物院院长王志强先生告诉我，在国际交往涉及语言翻译的时候，"伪"字常被翻译成傀儡或者假的，容易造成理解上的困惑，给交流带来困难。更受影响的是，官方对外宣传推广，或者旅游团队选择参观景点，往往就因为这个"伪"字而心生疑惑，会误以为是后来翻建的假建筑，从而自觉不自觉地选择舍弃这一在当地最有标志性的旅游景点。所以吉林在宣传这一教育基地时还得解释到位。

长春那些带着中华民族耻辱印记、保留至今的伪满建筑旧址，已是一道别样的风景，既有文物价值，又是很好的旅游资源。如何让它们更好地为当下经济社会发展服务，看来还有改善和提升的空间。

铭记历史，同时正视历史，从来都不会是一件简单的事。一旦触及多灾多难的中国近现代史，总会有不少难以言说的苦衷，而且常常变得异常敏感而困惑。

历史总是惊人的相似，岁月却是医治伤痛的

一剂良药。很多事情，当初大都言之凿凿，却又
莫衷一是，让人云山雾罩、真伪难辨，但时间会
让一切最终都现出原形。当年可以咬牙切齿，表

伪满皇宫博物院·缉熙楼　杨铭/摄

达足够的愤恨和悲愤，但情绪不能总定格在某一
个层面。沧海桑田，理性而冷静地反思，才是成
熟与自信的表现，也更有助于警示世人，比如反

省战争、倡导和平。

　　"伪满皇宫"是溥仪在长春的一座另类"皇宫"。作为一个外乡人，如果去吉林、去长春，不去实地触摸那段曾经喧嚣又不堪的历史，终归会是个缺憾的。

（原载《文汇报》2022 年 11 月 26 日 B04 版、2022 年 12 月 3 日 B06 版，收入本书时略有删节）

扫描二维码　　　扫描二维码
收听音频　　　　观看视频

黑土地上玉米香

南方人习惯吃大米，对玉米和面食相对吃得少。

我老家江汉平原主要种植水稻，记得在上世纪六七十年代的时候，也种过玉米，但我们基本只是吃着好玩儿。再往后，好像就很少再见过种玉米了。

80 年代我到北京上大学，带着"全国粮票"到学校换成地方粮票。没想到北京市粮票，居然分为米票、面票和粮票三种。到学校食堂换饭票，用不同的价格换成三种不同的主食券，米票最贵，面票次之，粮票最便宜，用来购买粗粮，其中就有玉米。

四年下来，每天早餐玉米碴子粥就油饼，成了日常的标配。一直到现在，每当再喝到玉米碴子粥，我舌苔上的大学记忆立马被唤醒。

这大约就是我对玉米最早的全部记忆。因为饮食习惯，事实上后来日常也很少吃。

到吉林工作后，听到东北民间一个说法："四平玉米五常稻，东北大豆最可靠。"

五常大米，有如河蟹中的阳澄湖大闸蟹，知

名度相当高；东北大豆品质和产量都是顶呱呱，这些早就听说过。四平玉米与五常大米、东北大豆齐名，对初来乍到的我来说，以前还真是不了解。

我疑心会不会是四平本地人在"忽悠"。但他们随口说出一串有力的"证据"，听起来也有

梨树县百万亩绿色食品原料（玉米）标准化基地核心区内无人机正在喷洒叶面肥　邹志强／摄

些道理：2014 年，中国粮食行业协会命名四平市为全国唯一的"中国优质玉米之都"；2016 年，四平玉米经审核批准为国家地理标志产品；四平打造有全国最大的"国家百万亩绿色食品原料（玉米）标准化生产基地"……

玉米不是中国本土作物。7000 年前，美洲印第安人就已开始种植玉米。哥伦布发现新大陆后，把玉米带到了西班牙。随着世界航海业的发展，玉米逐渐传到世界各地。大约在 16 世纪中期，中国开始引进玉米。中国的玉米栽培面积和总产量均居世界第二位，玉米占我国粗粮产量的 90%。

东北地区是我国玉米的主产区。在吉林省，"粮仓"的头把交椅，不是大米，而是玉米。

玉米与传统作物如水稻、小麦相比，具有更强的耐寒性、耐旱性、耐贫瘠性，以及极好的环境适应性，是世界重要的粮食作物和经济作物，也是重要的能源和工业原料。玉米籽粒中的蛋白质、脂肪和多种维生素含量均比稻米多，还有核黄素、胡萝卜素等多种活性物质，营养价值、保健作用十分突出。

我对玉米本身没什么偏好，只是偶尔吃一点儿。比如甜玉米，也叫水果玉米，吃起来口感鲜甜，颗粒饱满鲜嫩多汁。东北餐桌上，主人经常会推荐一道菜，叫"黏豆包"，软塌塌、黄澄澄，看着很诱人，口感也确实不错，软糯香甜。我以为是糯米做的，后被告知竟是黏玉米与大黄米。

去年夏天，去前郭县八郎镇苏马村公出，这里位于黑土地的边沿，农家房屋旁边地里的玉米长势，吓了我一大跳。从来没见过如此苗壮的玉米，差不多有我两个人高。忍不住要拍张照片留念，我问农户大概有多高，被告知应该有三米五。

在东北，不光农作物，即使是路边的野草，同样的品种，也都比南方的长得高大肥壮。同样是蒿子秆，南方的都长得又细又矮，这边见到的，都长得又粗又壮，高度差不多都在一米以上。

在八郎镇镇政府食堂，吃过一道"玉米面饽饽"，端上来的时候，就带着一股清香，仿佛是从青纱帐般的玉米地里飘来的。食材其实很简单，鲜玉米浆垫在鲜玉米叶上，浑然一体，不用任何佐料，蒸熟即成。那新鲜又纯天然的味道，可能是我有生以来吃过的最美味的玉米了。

　　一位出生在湖南、后到吉林工作的领导曾提醒我，东北一年四季餐桌上都会上生吃的蔬菜，嫩绿鲜脆，口感极好，而且干净卫生，大可放心吃。在南方吃生蔬菜，难免担心会不会有虫子。

　　东北农作物品质的优良，主要得益于黑土地。

梨树县喇嘛甸镇农户用传送带将收获的玉米装储　邹志强／摄

黑土，是地球上最珍贵的土壤资源之一。东北平原以其广袤肥沃的黑土，成为世界上与乌克兰平原、美国密西西比河平原齐名的三大黑土带之一。东北平原的黑土以黑土、黑钙土和草甸土为主，其氮、磷、钾等有机质含量是黄土地的数倍，被称作"耕地中的大熊猫"。

四平市梨树县处黑土地的最南端，有着"东北粮仓"和"松辽明珠"的美誉。据说，由此往南一点，是土质稍逊的中壤；往北一点，积温降低，土地热量条件欠佳。2011 年 9 月，中国农业大学与梨树县政府共建综合性农业生态系统实验站，以我国东北典型黑土为研究基地，通过开展作物及其环境过程的系统监测研究，探讨东北粮食主产区农田生态系统的结构和功能及其动态特征，为东北平原农业实现高产、高效和可持续发展提供调控技术体系。

既然是四平玉米的核心产区，我满怀兴趣，欣然前往。

实验站专门建有中国黑土地博物馆，以声、光、电结合现代多媒体、智慧农业信息平台和实物展品，展示黑土的演变过程。博物馆里，既有碱土、薄层黑土、水稻土的采样对比，也有不同黑土种类的采样对比，展陈相当专业。

　　看着这些放在玻璃瓶中的黑土实物，虽有博物馆专家的解说，我还是似懂非懂。好在不一会儿去到梨树县百万亩绿色食品原料（玉米）标准化

梨树县百万亩绿色食品原料（玉米）标准化基地核心区全景　邹志强／摄

基地核心区，玉米地里专门挖了一个 5 米见方的深坑，作为黑土观察点，坑壁中的黑土断面分层，一目了然。

看着最上层黝黑肥沃的黑土层，我不禁想起一句流传很久的老话："捏把黑土冒油花，插双筷子也发芽。"

梨树县的开垦历史，最早可追溯到清末。然而，长期大规模的开发和过度利用，造成黑土层流失、土壤退化和农业生态环境破坏，土地透支严重。

梨树县的领导说得很具体："黑土地退化的三个主要特征是变薄、变瘦、变硬。过度开垦和大量使用农药化肥，使得曾经深达 1 米以上的黑土，后来慢慢变成只有 30 厘米甚至 20 厘米厚度，营养越来越少。"

2007 年，梨树县与中国科学院、中国农业大学等科研院所合作，在梨树县高家村设立黑土地研发基地，经过十多年的联合攻关，总结出适合我国东北三省以及内蒙古自治区东部的玉米保护性耕作技术——"梨树模式"：玉米秸秆覆盖免耕种植技术，包括收获与秸秆覆盖、土壤疏松、

梨树县百万亩绿色食品原料（玉米）标准化基地核心区内
土壤剖面示意图　周存笑／摄

开心玉窝　宿勇　赵刚/摄

免耕播种施肥、防除病虫草害的全程机械化技术体系。玉米收获后，秸秆全部还田并覆盖在地表，使土壤有机质含量提高，秸秆全覆盖免耕五年后，土壤有机质可增加 20% 左右，减少化肥使用量20% 左右。

值得欣慰的是，经过多年的秸秆全覆盖，黑土层现在已经恢复到 50 至 60 厘米，玉米根系能扎到 2 米深。

可以相信，随着保护性耕作技术的推广，黑

土地的生态修复，前景可期，农作物的生长条件和环境，肯定会变得越来越好。

"四平玉米到底好在哪里？"

我请教了好几位四平当地人。有人用"美齿型、皮光亮、谷气香、味微甜"来形容，其他的虽说法不一，但大都离不了这几个关键词：软糯、鲜嫩、美亮、香甜。

老实说，在我一个南方人看来，黑土地上的玉米，其实都差不多，都挺好吃的。

玉庆丰年　宿勇　赵刚/摄

　　仅从食用的角度看，玉米现在倒真有一种"咸鱼翻身"的味道了。

　　从粮食短缺的困难年代过来的人，对玉米这类粗粮的记忆，一般不会太美好。当年细粮不够粗粮补，吃得多了，倒了胃口，以至于后来回想起来都会反胃。到如今，进入粮食安全相对平稳的时代，玉米作为食品甚至保健食品的优势，远比过去更能得到人们的偏爱，在餐桌上广受欢迎。四平市更是提出玉米主食化的发展方向，"从一

双色奶香玉米烙　宿勇　赵刚/摄

根玉米到系列主食",用卫生、安全、健康、营养的玉米主食不断丰富百姓餐桌。

好日子,是会颠覆人很多既有观念的。大米面食有了保障、饭碗端稳之后,黑土地上玉米香,带来的是大众饮食健康、养生理念的新变化,是田野里长出的新希望。

(原载《新华每日电讯》2023 年 2 月 10 日第 11 版)

扫描二维码　　扫描二维码
收听音频　　　观看视频

玛珥湖畔

对水质的讲究，是生活水平提高的一种表现。我平常有喝茶的习惯，刚到长春工作时，当地人推荐用泉阳泉矿泉水泡茶，说是产自长白山，水源地在大山深处。饮用后，感觉还不错。

今年夏天，去白山市下属的靖宇县，这里正是长白山深处。本来是去了解医药产业发展情况，主人随口说的一句话，倒引起我更大的兴趣：因为这里的水好，农夫山泉、娃哈哈、恒大冰泉、康师傅等十多家知名矿泉饮品企业，都把水源地设在这里。

当地一位专门研究水的专家，讲了个故事："有一次去小超市买矿泉水，店家递过来一瓶。我一看，是纯净水，不是矿泉水，让他换。店家不解，而且不大高兴，觉得我这人怎么这么矫情。"

听得我也一头雾水：瓶装水不都叫矿泉水么？

　　"这确实是个误区。瓶装水，现在规范的说法叫包装饮用水，早期分为三大类：天然矿泉水、纯净水、天然饮用水，成分不同，来源也不同。天然矿泉水是直接取自天然的或人工钻孔而得的地下含水层的水，含有多种矿物质盐和特殊化学成分。首要的标准是 9 种对人体健康有益的化学

魅力龙湾　姜德贵/摄

成分——锂、锶、锌、碘、硒、偏硅酸等，必须达到相关指标要求，方可称其为饮用天然矿泉水。"

如此专业的知识，作为普通消费者，一般不太可能知道这么多。看来，之前被商家"忽悠"的人，肯定不只我一个。

到白山后才知道，吉林长白山饮用天然矿泉水是中国国家地理标志产品，有偏硅酸型、锶型、碳酸型和偏硅酸与锶复合型等多种类型。经权威鉴定，长白山矿泉水总体的口味和质量与世界著名品牌矿泉水相近，部分指标还优于一些世界著名的矿泉水。

在靖宇县境内，目前已发现矿泉 47 处，均为自涌泉，水量丰富，水质良好，口味纯正。早在 2000 年，靖宇县就被中国矿业联合会天然矿泉水专业委员会命名为"中国长白山靖宇矿泉城"。祖祖辈辈生活在长白山原始森林饮用天然矿泉水的人们，从无地方病史记载。守着如此优质的水资源，靖宇县在水源地一带专门设立长白山天然矿泉水靖宇水源保护区管理局，管理局的工作人员特意选择一处相对较近的泉眼——鹿鸣泉，带我们去现场感受一下。

徒步穿行在密林深处的简易小道，两旁树木参天，阳光照不进来，树干都湿漉漉的，长满苔藓，沿途蚊虫飞舞，空气中弥漫着潮湿草木的味道。伴着潺潺流水声，走了约半小时，来到一汪直径2米多的圆形泉眼，水不深且清澈见底，底部有四五处冒着水泡儿，清水汩汩涌出。水流形成一条三四米宽的小溪，缓缓流向远方。

用一根细树枝搅动泉眼水底细沙，可见几只约1厘米长的小动物在快速游动。陪同的人说，这是钩虾，对水质要求非常高，有它出现，证明水质好，舀起来就能喝了。

多年来，靖宇水源保护区管理局通过实施生态移民、植被恢复、矿泉水监测、立体性巡护等一系列措施，为矿泉水保护、开发打下良好基础，保护区内火山群、矿泉群、动植物、微生物等良性循环，已经形成和谐稳定的生态环境。

管理局制作的宣传片中，无人机俯拍的一个湖泊镜头，让我眼前一亮：湖面呈规则的圆形，湛蓝色的水面仿佛一面硕大的圆镜，镶嵌在郁郁

吊水湖 龙湾国家级自然保护区管理局／提供

葱葱、色彩斑斓的广袤森林里，让我联想到地处贵州大山深处，当今世界口径最大、灵敏度最高的单口径射电望远镜——"中国天眼"的造型。

管理局的人告诉我，这是火山地貌特有的湖泊，叫玛珥湖，位于白山市靖宇县，当地称作四海龙湾玛珥湖。湖面近乎正圆，直径 750 米，最深处达 53 米，水位雨季不涨，旱季不减。

玛珥的英文为"Maar"，其语源为拉丁文的 mare，即海的意思，中文曾译为"低平火山口"。火山爆发活动形成的湖泊，通常有两类，一类是火山口湖，另一类是堰塞湖。著名的长白山天池就是火山口湖。玛珥湖区别于其他火山口湖的特点是，平地爆发，蒸汽、泥石同时喷发后形成低平火山口湖。

视频中展示的画面实在太美，我迫不及待地想去实地看一眼。工作人员略显为难，说那里比较偏远，尚未开发，路况不好，当天恐怕来不及。

好在没过几天，我们又到位于通化市辉南县的吉林龙湾国家级自然保护区。这里有 7 个玛珥湖，呈北斗七星状排列，分布在方圆不足 30 公里

吊水湖之冬　丁库／摄

的范围内。数量之多、成因之典型、保存之完整，国内罕见，被火山地质专家誉为"中国空间密度最大的火山口湖群"，是世界上最典型的玛珥湖群之一。

龙湾国家级自然保护区管理局党委书记张吉顺陪同我们来到玛珥湖畔，一起登船游览。该湖名叫三角龙湾，湖面海拔 722 米，水域面积 46 公顷，最大水深 88 米，经探测和考证，是 60 万—100 万年前两个火山口同期喷发形成的一处孪生火山口湖。沿岸曲折有致，因水面呈三角形而得名。

湖水碧绿幽深，四季清澈，四周岭翠山青。悠悠碧空之下，一切都显得那么纯净、清新，自然天成。

玛珥湖的景致，或许显得简单、原生态，但这种原始和纯粹，正是一种难得的美，容易使人忘我的美。荡漾在玛珥湖上，有一种被净化的感觉，没有了那些身处闹市喧嚣中的烦恼。

午饭的时候，我和张吉顺热烈地探讨起保护区未来的远景。他说他还有几年就要退休了，我顺嘴问他："你以前是做什么的？"

"我家是 1960 年由我爷爷带着从山东安丘过来的，长辈原来是这里的伐木工。龙湾原先曾有一个以木材生产和森林抚育为主营项目的林业企业，年采伐量 6 万立方米左右，历经近 40 年的采伐作业，到 20 世纪末，这里的可采资源已近枯竭。2003 年成立龙湾国家级自然保护区，龙湾的广袤森林和玛珥湖群才走上生态保护与生态旅游并重的新路。"

张吉顺说，"我家祖孙三代从伐木人到护林人，经历并见证了龙湾之变：爷爷那一辈主要是

鸟瞰三角龙湾　郑克衡／摄

人工采伐,到父亲那一辈是机械伐木,到我这一辈,改为停伐护林、旅游开发了。"

　　"感受到的最大变化是什么?"

　　"我们吃的是祖宗饭,好山好水好地方,也

需要好好保护。停伐之后，植被好了，涵养的水多了，水质也有保证了。蓝蓝的天空蓝蓝的水，看起来始终很美。"

前些年，看惯了太多地方为把劣五类水提升

四海龙湾　于振声／摄

有"林中碧玉"之称的玛珥湖 冯晓光 / 摄

成四类水而发愁，费尽心力却又短时间难以奏效，纠结揪心。走在长白山腹地，随处可见的都是天然可饮用水和矿泉水，不免让人有种太过奢侈的恍惚。

可能因为小时候在河湖边长大，我对水始终抱有一种天然的亲切与亲近。离开辉南返回长春的路上，"天眼"般湛蓝的玛珥湖，一直在脑际闪现。

水，是大自然的恩赐，固然难得；人类的珍爱与保护，其实更为关键、更加可贵。毕竟，水美，世界才会更美。

（原载《人民日报（海 外版）》2022 年 12 月 17日 第 7 版）

扫描二维码　　　扫描二维码
收听音频　　　　观看视频

燕麦的精神

"简历不能太简单。"

刚参加工作的时候，同事中的老同志语重心长地如此谆谆教导。年青的我，当时似懂非懂、将信将疑。

毕竟，假使一辈子只做一件事，且能做到极致，也挺好的。

—— ——

第一次到吉林省白城市，是在 2021 年 11 月。当地人特意推荐我去白城市农业科学院看看，院长任长忠是国家燕麦荞麦产业技术体系首席科学家，三十多年坚守农业科研和生产第一线，取得科研成果 50 多项，带动了我国燕麦荞麦科研水平和产业竞争力快速提升，推动了燕麦荞麦产业创新融合发展。

我虽然小时候在南方农村长大，但对农作物的认知十分有限。连大豆乃黄豆也是很晚才弄明白的，至今仍分不清大麦和小麦的区别；至于燕麦，就更弄不明白了。

不巧的是，那天任长忠正好在外地，临时赶不回来。电话约好，尽快到长春见面。这次先去农科院展览厅里看看，增加些感性认识。

一进展览厅，就看到各种杂粮的种子及深加工的产品像工艺品一样陈列着。最显眼的当然是25个燕麦新品种扎成的标本，麦穗连着秆，插在透明的玻璃瓶里，已脱粒的燕麦籽实装在各自品种标本旁边的容器里。

陪同的同志介绍说，这些燕麦品种被命名为"白城燕麦"，从白燕1号到白燕25号，在任院长眼里，如同自家"孩子"一样金贵呢。

主人拿着燕麦穗指给我们看：燕麦的须根比较发达，秆直立，外表光滑，高度大约120厘米，叶鞘松弛，叶片扁平，微粗糙，圆锥花序开展，金字塔形，小穗含小花，小穗轴近于无毛或疏生短毛，不易脱落。

隔行如隔山。在我一个外行眼里，这些燕麦看上去其实都差不多。听说国内一些地方把裸燕

燕麦"花开" 吉林省白城市农业科学院/提供

麦叫作莜麦，我倒想起来了，北京就有好些西北风味的餐馆，店名都带有"莜麦"二字。

燕麦作为谷物中的全价营养食品，能同时满足人们对膳食的营养与保健两方面的需求。

燕麦中的蛋白质含量是稻米的 2 至 3 倍，富含可溶性纤维素、多种维生素以及氨基酸，具有降低血糖、胆固醇，减少心血管疾病等保健功能。与小麦、玉米、谷子相比，燕麦的脂肪酸含量是最高的，硒的含量居所有谷物之首。

这些信息，很多都是第一次听说，我饶有兴趣。

好在没过几天，任长忠来长春，我们终于见上面了。个头不高、脸色黝黑，乍看上去，很难把他与国家级首席科学家对上号。任长忠自嘲说，自己的肤色，就是标准的"燕麦色"。

我们是同龄人，同一年上大学、同一年毕业，刚一见面，就有一种天然的亲近。一说到燕麦，任长忠的话匣子就打开了，旁人要插话都很难。本来约好聊一上午，结果意犹未尽，中午在食堂吃完简单工作餐后，又接着聊了一下午。

任长忠说，燕麦分皮燕麦和裸燕麦两种。国外的栽培种植以皮燕麦为主，主要用作饲草，少量食用。而我国作为裸燕麦起源中心，主要种植裸燕麦，多数食用，少量饲用。

燕麦在中国历史典籍中，早有记载。《尔雅·释草》中称为"蘦"，《唐本草》中谓之"雀麦"，

《本草纲目》说燕麦多为野生，因燕雀所食，故名。

很多年前，曾有朋友送我一罐燕麦片，说是营养极好，每天早餐用开水冲一下即可食用。不过，吃完后，好像也没留下什么特别印象。

任长忠告诉我，以前中国人吃的燕麦食品，大多从国外进口，价格不便宜。过去燕麦加工出来的食品，口感问题一直没怎么解决好，很难一下子就吸引人。但其高营养价值是公认的，一些发达国家很早就把燕麦食品作为军粮，作为保健食品，保障供应。

新中国成立以来，全国共育成推广燕麦品种119个。其中，任长忠用25年培育出25个燕麦新品种，带领国家团队培育出新品种57个，推动全国燕麦产区的良种覆盖率达80%以上。

起初推广燕麦时，农民并不接受。比如在西藏，当地习惯种青稞，青稞地里长出的野燕麦，当地人叫它"白帽子"，好比噩梦，是最难除的杂草。听说任长忠来种燕麦，吓得直摆手，说是"引狼入室"。后来在地方政府的支持下，决定先试种再推广，秋收时当地人看到了燕麦的好处、尝到了甜头。农牧民用4斤青稞换1斤燕麦做种

机械化燕麦收割　吉林省白城市农业科学院／提供

子，一亩地比青稞多产 400 斤草料，燕麦在西藏
一下子成了抢手货。当地人用最原始的交易方式，
实物与实物交换，促进了西藏燕麦的迅速推广。
如今 50 多万亩燕麦扎根在海拔 3500—4500 米的
西藏高原上，受到藏族同胞的欢迎，成为西藏农
牧业发展的新名片。

任长忠很自豪：新疆、西藏、青海、甘肃、
内蒙古、河北、山西、黑龙江等十多个省、自治
区现在都推广得很好，带动了我国燕麦品种的更
新换代和生产发展，目前全国燕麦种植面积已达
到 1200 多万亩。

任长忠的家乡白城，位于吉林省西部，松嫩
平原盐碱地的核心区，这里是世界三大苏打盐碱
地集中分布区之一。盐碱地被风一吹，白花花一片，
很多农作物都种不活。他说，从小就有一个梦想，
想在盐碱地上种更多作物，让盐碱地也能有好的
收成。

燕麦作为贫瘠土地上的先锋作物，根系最长
达 2 米，耐旱耐寒，不与主要粮食作物如玉米、
小麦、稻米争夺好地，在低肥力土壤上，比其他

生长进入成熟期的燕麦　吉林省白城市农业科学院／提供

粮食作物效益还高。

　　严酷的条件，更能塑造优秀的品种。任长忠在白城贫瘠的土壤中通过不断选育，将燕麦的抗逆性进一步提升。耐盐碱能力强的白燕 2 号、白燕 7 号和白燕 20 号，就是任长忠在盐碱地上通过

任长忠（左二）博士向中国农业大学研究生传授燕麦育种技术

吉林省白城市农业科学院／提供

筛选发现的。

更让人称奇且充满期待的是，种植燕麦可以有效促进盐碱地改良。

"把'狗肉地'变成'肥肉地'，让盐碱地回归黑土地。"农业科研人员的天然使命感，让任长忠有了更大胆的构想。从 2007 年开始，白城市农科院尝试种植燕麦进行盐碱地生物修复改良，在一块 500 亩左右的中度盐碱地上进行试验，连续多年种植燕麦，土壤中的全盐量和 pH 值竟然逐年降低，到现在这块地已经变成良田，与黑土地无异了。

盐碱地改良方法很多，包括物理方法、化学方法，但最理想的是生物修复改良，比其他修复替代方案更便宜，更可持续，更能见到效益。

任长忠还在不断尝试新的改良方法。通过燕麦和油菜复种轮作改良盐碱地，不仅可以缩短盐碱地改良的年限，油菜花还具有观赏价值。如今每年油菜花开时，大量游客来拍照打卡，改良盐碱地之余，还给当地老百姓带来了新的经济收益。

　　与大作物相比，燕麦毕竟小众，过去并不怎么受待见。

　　"万物各得其和以生，各得其养以成。"正是生物多样性，才使地球充满生机。

　　人们常说，"真理往往掌握在少数人手里"。这句话辩证地理解就是，如果连小众且弱势的群体都能被关注到，并得到足够的尊重，这才是一个成熟社会的标志。

　　小众，有时候也意味着新奇和前卫，在大千世界的多样性中，不可或缺。在国内，相对小众的燕麦，境遇现在已有很大改观。中国人的饭碗要牢牢端在自己手中，就必须把种子牢牢攥在自己手里。"白城燕麦"正是地道的中国种子，在应对粮食安全挑战中能发挥独特作用。当粮食问题基本解决之后，现在转而关心动物的"粮食"——饲草的时候，燕麦恰好又是高品质的饲草，同样有相当大的施展空间。

白城燕麦种植基地　吉林省白城市农业科学院／提供

　　万物生长就是这样，既靠命，也靠运。

　　"白城燕麦"在中国大地上的出色表现，让很多国际燕麦专家都竖起大拇指。作为特色保健

主流粮食品种和饲草品种，"白城燕麦"正走向
中国的东西南北。

有一点，我很好奇：任长忠最初是如何注意
到燕麦这个小众作物品种的？

他的讲述，令人称奇。

任长忠刚上大学，就对麦类作物产生浓厚兴
趣，并有意识地以此为学术研究着力点。到白城
市农科院工作不久，很快成为院里麦类作物研究
课题主持人。

"我发现，燕麦在国际上是很流行的药食同
源食品，燕麦秸秆还是优质饲草，适合在白城地
区种植，于是我把研究方向锁定在燕麦上。"任
长忠说，"当时，有限的种质资源，让燕麦研究
遇到瓶颈，难以突破。中国的燕麦研究已经滑向
低谷，比其他特色农作物品种研究更艰难。不过，
选择燕麦研究，也算是一种'绝处逢生'。"

瓶颈，常常是发生质变的前奏，而偶然最容
易造就传奇。

转机发生在 1998 年，真正的"绝处逢生"开
始了。

一个很偶然的机会，任长忠看到当年《人民日报（海外版）》上的一篇报道《"燕麦博士"和他的"孩子们"》，文章中说，位于渥太华的加拿大农业与农业食品部教授布罗斯博士毕生研究燕麦，他的一项研究是将中国燕麦和加拿大燕麦进行杂交，培育出一系列杂交后代，命名为"龙种燕麦"。这种燕麦不仅无壳，而且颗粒大而饱满、光泽好、品质高、容易脱粒。更可喜的是，他希望把这些含有中国血源的种子送回中国，愿意不取报酬地到气候条件与加拿大相似的中国北部和中西部最不发达地区去，用白求恩精神帮助那里的人民脱贫。

欣喜若狂的任长忠，如获至宝。加拿大渥太华地区位于西半球的北纬45度，中国白城市位于东半球的北纬45度，农作物同纬度引种、种植，成功概率较大。任长忠觉得喜从天降，想尽一切办法与布罗斯联系上，"我要请他来中国，来我们白城"。

惺惺相惜。有情怀的科学家之间，心灵往往更容易相通。

任长忠（右）与布罗斯博士（左）在一起调查温室加代燕麦
试验情况　吉林省白城市农业科学院 / 提供

　　布罗斯被任长忠的真诚打动了，1999 年 9 月
应邀来到白城。聊起燕麦，两人一见如故。第二年，

布罗斯邀请任长忠去加拿大学习一年，但由于任长忠分管院里科研工作分不开身，只到加拿大学习了一个月。布罗斯说："这些是含有中国和加拿大血源的杂交后代材料，你可以多拿一些，但需要精挑细选，需要在放大镜下一粒一粒地挑选明显具有中国裸燕麦优良性状的后代材料。"任长忠认认真真地挑选了一个多月，带"龙种燕麦"回家了。

种子是农业的芯片，更是果实、责任与梦想。与布罗斯的成功牵手让中国燕麦研究坐上了通往世界先进水平的直通车。

经过任长忠牵头组建的团队近十年的努力，在全国范围内现在已选育出 57 个燕麦品种，其中主要在白城选育出的有 25 个。每个品种都有着"独门绝技"，有耐旱型的、耐盐碱型的、水浇型的、兼用型的；有的适用食品加工、有的适用植被恢复、有的在东北地区一年"两季双熟"……这一系列成果填补了相关研究领域的空白，使燕麦单产提高了 50%，带动了我国燕麦主产区的 17 个省、市、区燕麦品种的更新换代。

　　2022 年 7 月的一天，任长忠突然打来电话，电话那头透着兴奋："告诉您一个好消息，7 月 18 日晚，国际知名学术期刊 *Nature Genetics*（《自然·遗传学》）在线发表研究论文《基于参考基因组揭示六倍体燕麦的起源和进化》。我们首次破译了六倍体栽培裸燕麦的基因组，并研究了六倍体燕麦的起源与亚基因组进化，破译裸燕麦基因密码，把起源于我国的六倍体裸燕麦基因组测序工作，在全世界率先完成……"

　　任长忠很自信：目前，在裸燕麦育种等部分领域，我们已经是国际领跑者。

　　燕麦科研在向前推进，燕麦产业也在同步发展。

　　随着大众越来越看重食品健康、均衡饮食，燕麦及其相关产品已越来越频繁地出现在大众的餐桌上。燕麦深加工后产生的其他系列产品，还可用于保健食品、造纸、饲料、医药卫生、化妆品等生产领域，有着广阔的发展前景。

任长忠始终记得老师布罗斯的叮嘱，做燕麦研究，一定要和企业、企业家打交道。很多年以后，任长忠才明白老师的一片苦心：没有产业支撑，科研难以为继。

可是，"白城燕麦"在吉林，包括在白城当地，开花结果似乎并不多，颇有"墙里开花墙外香"的味道，毕竟世间许多公认的好东西，起初常常会遭遇这样的尴尬。

提起这些，任长忠显得有些无奈。他说："燕麦栽培、加工等领域，正是下一步要着力的方向，还需要付出更大的努力。这几年，凡是家乡白城的企业和企业家要使用我的燕麦科研成果，我都全部免费服务。"那天，他还专门带我们看了几家用燕麦做化妆品、食品的企业。

在燕麦产业化研究上，任长忠早已胸有成竹。他希望实现"大、高、低"三个发展方向："大"是指大众化的食品加工，让老百姓吃得着燕麦、吃得起燕麦；"高"是指高附加值，在大众化的

基础上，可以利用燕麦中的可溶性膳食纤维等成分，去开发一些高附加值的产品，满足多元化需求;"低"是指低血糖生成指数产品的开发，燕麦属

已近成熟的燕麦　吉林省白城市农业科学院／提供

于低血糖生成指数食物，可以面向"三高"等人群进行药食同源精细加工，助益大众健康。

一个农村的孩子上完大学，又坚定地回到基

层农业科研单位工作，在贫瘠的土壤上扎根。好比一粒种子，回归到土壤里，生根、发芽、开花、结果。

这是真正的自然生长，顺应了自然规律，也符合社会规律。

任长忠头上，现在加了不少光环：国际燕麦委员会委员、俄罗斯科学院外籍院士，还是全国劳动模范、全国"五一劳动奖章"获得者……但常年在田间地头奔走，始终是他不变的追求。

"人如燕麦、燕麦如人，你现在不光肤色是'燕麦色'，连身上的那股气质和精气神，也跟燕麦很像啊！"

任长忠听后，笑了。

"燕麦耐干旱、耐瘠薄、耐盐碱、抗风沙，生命力旺盛，这种逆境中不屈向上的精神，确实给了我启发、信念和动力。"任长忠说，"我这一辈子也就围绕燕麦执着地做了这么一件事，而且还会无怨无悔、始终不渝地做下去。老子《道德经》中有句话，叫'胜人者有力，自胜者强'，我一直把它当作自己的座右铭。"

是啊！胜人，已属不易；而自胜，方是真正的强者，才更加了不起。

（原载《光明日报》2022 年 12 月 7 日第 15 版）

扫描二维码　　扫描二维码
收听音频　　　观看视频

后 记
Postscript

很多年前听一位专家讲：在一个地方待一周，可以写出一本书；待上一个月，还能写出一篇文章；如果待一年或以上，可能就一个字也写不出来了。

我，可能是个例外。

比如，我曾在香港工作三年半，回来写了两本书《盛开的紫荆花——一个内地记者眼中的香港》和《香港回归十年志（2003 年卷）》；2010 年 3 月，随海军军舰去南沙群岛，出海 13 天，回来写了一本书《南沙探秘》；在安徽工作 6 年多，写了三本书，谓之《皖美三部曲》。

如今，到吉林工作，已一年有余，自然不能无所作为，不会让自己闲下来的。

老实讲，对东北，我之前是陌生的，来得少，了解得也不多。很快走完 9 个市州加长白山管委会之后，很多感受完全是感性的。

"三地三摇篮"是吉林省凝炼的红色标识。"三地"，即东北抗日联军创建地、东北解放战争发起地、抗美援朝后援地；"三摇篮"，即新中国汽车工业的摇篮、新中国电影事业的摇篮、中国人民航空事业的摇篮。这些既代表吉林过去的成就和辉煌，也代表为新生共和国曾经作出的贡献与奉献。深入了解之后，其实吉林远远不止这"三地三摇篮"，还可以列出许多许多。

吉林市的松花湖，缘起于丰满水电站。丰满水电站早就赫赫有名，是"中国水电人才的摇篮"。详细考察之后，丰满水电站废旧坝建新坝，是世界首例成功采用"一址双坝"布置型式完成重建的"百万装机、百米坝高、百亿库容"大型水电站。更了不起的是，为水电站病坝治理提供了"中国方案"，向全世界展示了"中国制造"的实力，成为全球水电技术的一座丰碑。

一边参观，我一边在想，承载着步履蹒跚成长记忆的"摇篮"，固然值得感念与缅怀，但只有与时俱进，不断创造新辉煌，才是当下真正需要提倡的，于是写成《松花湖上话"摇篮"》，祝愿那些曾经的"摇篮"都能变得更加吉祥、丰满，让人心怀敬意、刮目相看。

我刚到吉林工作的时候，正值北京冬奥会前夕，"冰雪"一词广受关注。吉林的粉雪，一直是吉林人引以为傲的。发展寒地冰雪经济，做好雪文章，"白雪换白银"，推动冰雪旅游、冰雪运动、冰雪文化、冰雪装备等快速发展，对吉林来说，既有天然优势，更是发展方向。不会滑雪的我，冒着严寒，几乎走遍了吉林省内所有的滑雪场，有的地方去了还不止一次，最后以一篇《粉雪之乡》，向吉林推动冰雪经济高质量发展致敬。

"东北三宝"之一的人参，特别是长白山人参，既有悠久的历史，更有优良的品质。然而好东西不一定都有好出路、好市场，好端端的人参，常常卖出"萝卜价"，全年600亿的产值，完全与长白山人参的江湖地位不相匹配。去年夏天，专程沿吉林东部的延边、白山、通化等长白山人参产区走了半个多月，又在长春邀请省内顶尖的人参专家座谈，探究人参产业发展的困境和未来的走向。人参产业发展涉及的部门和问题太多，要把这个产业的事情完全讲清楚，非我能力所及，最终确定从人参食品切入，这就有了《走向餐桌的人参》，借以表达自己的所见所闻、所思所惑。

到吉林工作后，第一次离开长春出差，第一站就是去的查干湖。随后一发不可收拾，接连去了四次，写出《四访查干湖》。可能因为从小在湖边长大，对湖泊、捕鱼有着天然的兴趣。查干湖冬捕，早已是网红热点，但冬捕只是个噱头，其背后的故事更有价值、更有意义。比如，保护生态与发展旅游相得益彰，就是很多地方困惑和努力的方向；查干湖能有今天，与当年的"引松工程"以及相应的河湖联通密不可分，是"人不负青山，青山定不负人"最生动的诠释；我甚至觉得查干湖的今天，不过是回到从前，重新恢复最初的原始状态，折腾来折腾去，不过是某种程度的"终点又回到起点"……查干湖给人的启发和启示，可能还不止这些，的确值得好好反思。

很多人对二人转的了解，大都来自央视春晚带东北味的小品。二人转是东北的一个地方曲艺，纯草根的娱乐形式，其中夹杂的东北人特有的幽默，很生活化，相当搞笑。但二人转现在到底是个什么状况？小品和二人转是什么关系？应该还是会有人惦记和关心的。《不舍"二人转"》这个标题，既可用感叹号，也可用问号，看完文章，大可见仁见智，不一定非要分出个短长。

二十多年前，我第一次到长春，就参观过伪满皇宫，印象深刻。我很想多了解一些伪满洲国历史，包括东北沦陷史，找了些书看，却又总不解渴。伪满皇宫后来也去过好几次，总感到他们宣传推介时，不那么理直气壮。敏感归敏感，历史归历史，让更多的人了解那一段曾经喧闹又不堪的历史，本身没有错，现实也需要。《溥仪的另类"皇宫"》的写作初心，正是力图不遗余力地推介而已。

《黑土地上玉米香》，表面上写的是玉米，其实夸赞的是东北农作物的优良品质，还有黑土地的肥沃及其保护。夯实粮食安全根基，加大黑土地保护力度，是吉林始终肩负的重要使命和责任。老实说，写作的时候，对吉林农产品的偏爱，溢于言表，喜不自胜。

走进长白山深处，我才知道，这里的水质竟是如此之好，而且第一次弄明白了矿泉水与天然水、纯净水的区别，第一次见识了玛珥湖。长白山区生态保护的成效，让我第一次看到那么大面积清澈见底的水，有那么多的知名矿泉水生产企业把水源地确定在这里。写作《玛珥湖畔》时，禁不住发出"水美，世界才会更美"的慨叹。

《燕麦的精神》这篇文章，与其说是写燕麦，不如说是写任长忠。燕麦是个小众作物，与大米、玉米、大豆等大作物没有可比性，但任长忠作为国家燕麦荞麦产业技术体系首席科学家，三十多年一直专注于这一件事，而且做到极致，让我心有戚戚。人要做大事、做成事，可能就需要这种单纯而执着的心无旁骛。在赞赏任长忠的时候，其实也是在督促和勉励我自己。

九篇文章视角各异，其中嵌入了我粗浅的观察与思考，倾注了我对"白山松水"的一片深情。全部文章在报纸副刊上刊发后，随后又做了新媒体推送。值得欣慰的是，文章网络点击量都相当可观，仅《燕麦的精神》第一次推送，全网阅读量就达千万＋。

《长白九章》算是我在吉林工作一年多后交出的一份答卷。我并没奢望以此九章去完整准确描绘吉林的风貌，毕竟还有许多山川风物、人文历史，比如长白山天池，比如高句丽，比如浓郁的民族风情等，都值得我去进一步领略和挖掘，囿于这样那样的原因，包括个人能力所限，尚未来得及涉猎，但我会一如既往地持续关注。

在书中尽可能多地加入吉林文化元素，是我的初衷。因为是融媒体书，所以不能不劳烦长影集团、吉林广播电视台和长春广播电视台，为文章配上朗读版和微视频。这两方面，本身都是吉林的强项，水平在国内首屈一指。长影是"新中国电影事业的摇篮"，当年拍摄的电影及配音制作的译制片成为一代人的记忆，许多至今仍被奉为经典；全国各地著名的主播，好多都出自吉林。吉林广播电视台吴泽先生作为编导，负责九个微视频的制作；长影集团译制片厂都业枫先生、纪艳芳女士、孟令军先生、牟珈论女士，吉林广播电视台郑宗先生、李月女士、张红路女士，长春广播电视台张涛先生、周洁女士，分别为九篇文章配音。他们倾情奉献的高质量作品，成为吉林影视、播音的一次集中展示，让我收获良多，感激感动。九篇文章的朗读版和微视频以二维码形式附在书中，扫码即可得到视听享受。

吉林省有九个市州，遂顺手借用了"九章"之名。当然，书名谓之《长白九章》，并无确切的对应关系。书名特意请长影集团的老艺术家姚俊卿先生题写。姚老先生曾长期任职于长影字幕组，先后为《五朵金花》、《我们村里的年轻人》、《沙家浜》、《金光大道》、《青松岭》等300多部影视作品设计和书写字幕，所题四字，大气磅礴，遒劲凝重，为拙作增色，在此一并致敬致谢。

掩卷之际，正值立春。相信吉日带来的，一定是永远的吉祥与吉利。

2023 年 2 月 4 日于长春新奥蓝城

读者须知

　　本书已接入版权链正版图书查证溯源交易平台，"一本一码、一码一证"。扫描上方二维码，您将可以：

　　1.查验此书是否为正版图书，完成图书记名，领取正版图书证书。

　　2.领取吉林人民出版社赠送的购书券，可用于在版权链书城购买吉林人民出版社其他书籍。

　　3.领取数字会员卡，成为吉林人民出版社读者俱乐部会员。

　　4.加入本书读者社群，有机会和本书作者、责任编辑进行交流。还有机会受邀参加本社举办的读书活动，以书会友。

　　5.享受吉林人民出版社赠予的其他权益（通过读者俱乐部进行公示）。